24 amüsante Geschichten

BASTEI LÜBBE

BASTEI-LÜBBE-TASCHENBUCH
Band 18 041

Die Originalausgabe erschien unter dem Titel
ALLERNEUESTE LESEFREUDEN

Lizenzausgabe: Gustav Lübbe Verlag GmbH, Bergisch Gladbach
Printed in Western Germany 1981
Einbandgestaltung: Roland Winkler
Titelillustration: Peter Schimmel
Gesamtherstellung: Ebner Ulm
ISBN 3-404-18041-0

Inhalt

Barbara Noack

Immer diese Familienfeiern!

Ich habe nur noch einen Großvater. Von dem anderen ist bloß die Pension übriggeblieben, von der Oma lebt. Mein Großvater mag mich. Er steckt mir immer was zu, am liebsten heimlich. Mein Großvater hat gern Heimlichkeiten mit mir gegen die übrige Familie.

Mein Vater sagt, es sei furchtbar, wie der Alte mich, das Karlchen, verzieht. Ihm selber habe er damals nichts erlaubt, aber auch rein gar nichts. Bloß immer ins Kreuz geboxt habe er ihn wegen seiner laschen Haltung. Und die kurzen Haare – Streichholzlänge und ausrasierter Nacken –, das verzeiht er dem Alten nie, sagt mein Vater.

Mein Großvater sagt: »Dein Vater, Karlchen, das will nun ein junger Mann sein. Dabei verträgt er rein gar nichts. Keinen Mumm in den Knochen. Und mit achtunddreißig schon herzkrank. Du, Karlchen, du bist aus anderem Holz geschnitzt, aus anderem Schrot und Korn. Du schlägst nach mir.«

Als ich noch klein war und in den Ferien bei den Großeltern, haben sie Großvater und mich gemeinsam an die frische Luft geschickt, wenn wir zu Hause störten.

Aber Großvater kannte Wirtschaften, wo wir vor allzu frischer Luft sicher waren und wo ich schon morgens heiße Würstel kriegte. Er hat mich auch von seinem Bier trinken lassen.

Großvater wußte immer, wo es junge Katzen, alte Dachpappe, eine Brandstätte oder eine Beerdigung mit Blasmusik gab. Da gingen wir dann hin. Wir haben auch gemeinsam die Züge kontrolliert, meistens hatten sie etwas Verspätung. Er war viel geduldiger mit mir als die anderen Erwachsenen, aber das kam wohl daher, weil ich aus seinem Schrot und Korn geschnitzt bin und der einzige, der nicht türmte, wenn er die Geschichte von Generalfeldmarschall Rommel erzählte, wie der ihm vor Tobruk ins Auge geschaut und gesagt hatte: »Na, denn wollen wir mal.«

Nun hatte Großvater seinen fünfundsechzigsten Geburtstag. Wir mußten schon zu Mittag hin. 15 Stück Verwandte in der kleinen Wohnung.

Wir Kinder standen rum, was sollten wir sonst machen. Das Turnen auf dem Schaukelstuhl war verboten, und die Kuckucksuhr durften wir auch nicht mehr anfassen, weil die Reparatur nach unserem letzten Besuch so teuer war.

Mama half Oma in der Küche. Oma sagte: »Ist das nun nicht ein Wahnsinn, so einen aktiven Mann, der seine Nase in alles reinstecken muß, so früh zu pensionieren? Gestern hat er den Mülleimer kontrolliert. Ob er auch mit Papier ausgelegt ist. Wenn ich daran denke, daß in seiner Familie alle achtzig werden! Wenn ich mir vorstelle, noch fünfzehn Jahre tagein tagaus einen Mann im Haus, der den Mülleimer kontrolliert!«

Onkel Fritz lief meiner Schwester hinterher, die schon sechzehn ist.

Papa und Onkel Lothar gingen runter, Onkel Lothars neues Auto anschauen. Als sie wieder raufkamen, war Papa sauer.

Endlich wurde zu Tisch gebeten. Bei der Bulljong gab Onkel Fritz mit seinem Ferienhaus in Spanien an und lud meine Schwester dahin ein, der alte Dackel.

Tante Lucie in dem roten Kleid, wo sie oben aus dem Ausschnitt platzt, hielt ihre Hand immer so, daß man ihre neuen Ring sehen konnte.

Onkel Lothar erzählte von seiner Neckermannreise nach Bangkok, und damit die Verwandten nicht dachten, wir hätten es inzwischen zu gar nichts gebracht, erzählte Mama, daß Papa in eine Bausparkasse eingetreten sei.

Als Oma das Roßbief auf den Tisch stellte, erhob sich mein Onkel Lothar. Mein Papa hatte schon vorher gesagt, wetten, daß der Lothar sich wieder reden hören will? Onkel Lothar las ein Loblied auf Großvater vom Blatt. Großvater und Onkel Lothars Frau waren sehr gerührt.

Aber wenn einer schon beim Essen reden muß, warum dann nicht bei der Bulljong, an der wir uns eh die Schnauze verbrannt haben?

Nach dem Essen wuschen Mama und Tante Lucie ab, und Tante Lissy und ihr Mann guckten sich genau in der Wohnung um. Bei der Bauerntruhe blieben sie stehen und sagten, alles andere wäre Trödel hier, aber die wär schön, und sie müßten rechtzeitig festmachen, daß sie die mal erben.

Papa und Onkel Fritz kriegten sich politisch in die Wolle, und Oma rannte zum Fenster und machte es zu wegen der Nachbarn.

In der Küche sagte Tante Lucie zu Mama, die moderne Kindererziehung sei Käse. Kinder müßten spuren, ohne Prügel ginge es nicht, und wenn einer in der Schule nicht mitkommt, dann liegt das eben daran, daß er faul ist. Mama sagte, du spinnst doch, Lucie, und dann sah sie uns Kinder im Flur stehen und sagte, warum spielt ihr nicht, geht runter und spielt schön.

Tante Lucie rief uns nach: »Aber macht euch nicht dreckig, sonst gibt's was.«

Wir gingen also runter und standen auf der Straße rum. Onkel Lothars Sohn gab mit dem neuen Auto von seinem Vater an. Da machten wir es madig.

Mitten in unsere Prügelei rief Oma aus dem Fenster: »Nach oben kommen, Kinder, Kaffee trinken.«

Nun spielten wir endlich schön, nun mußten wir wieder hoch.

Tante Hanna erzählte beim Kaffee pausenlos von ihrer Tochter und wie die Geburt von ihrem Enkel in Karlsruhe vor sich gegangen ist. Konnte einem richtig übel werden.

Ich war nervös wegen dem Mohrenkopf auf dem Teller mit den Konditorstücken, daß mir den keiner wegschnappt, weil kommen Kinder doch immer zuletzt mit Nehmen ran.

Und was hab' ich geahnt – Tante Lucie nahm ihn direkt vor meiner Nase. Ich kann sie sowieso nicht ausstehen, sie küßt so naß.

Onkel Fritz sagte zu meiner Schwester, er könne ruhig Kuchen essen, er wäre fabelhaft in Form. Kein Gramm zuviel, ob sie mal anfassen möchte? Er nähme es nicht nur rein figürlich, sondern überhaupt mit jedem Zwanzigjährigen auf.

Tante Lissy befühlte das ganz mit Löchern bestickte Tischtuch, wahrscheinlich, weil sie prüfen wollte, ob es zu erben lohnt.

Dann klingelte es, und es kam ein Glückwunschtelegramm von Mamas Schwester aus Celle.

Großvater sagte, nein so was, daß die an mich gedacht hat. Er weiß ja nicht, daß Mama ihrer Schwester geschrieben hat, vergiß bloß nicht den Geburtstag von meinem Schwiegervater.

Leider gab es ein Gewitter, und wir Kinder mußten oben bleiben. Da saßen wir wieder rum.

Ich fragte Großvater, ob ich fernsehen darf. Er sagte, ja, mein Junge, aber es war kaum was zu verstehen, weil alle durcheinanderquatschten. Drehte ich eben lauter. Kam Onkel Lothar und gab mir fünf Mark, damit ich den Kasten endlich abdrehe.

Der schmeißt auch mit dem Geld rum, der.

Wir waren noch bummvoll vom Mittag und vom Kaffee, da gab es schon Abendbrot, und Großvaters Kriegskamerad kam zu Besuch.

Sie sprachen von nichts anderem als von ihrer Kompanie in Afrika. Es muß eine schöne Zeit gewesen sein, weil Großvater immer davon anfängt, wenn er einen gehoben hat.

Meine Schwester sagte: »Gib Opa die fünf Mark, damit er endlich aufhört, davon zu reden.« Aber war ich blöd –? Fünf Mark! Kann ich mit dem Geld rumschmeißen wie Onkel Lothar?

Großmutter hatte meinen Vetter in die Küche geschickt, den Eierlikör holen. Wie er nicht wiederkam, schickte sie mich nach.

Er war gerade dabei, die Likörflasche unterm Wasserhahn wieder aufzufüllen, er sagte, das Zeug schmeckt zu dufte. Dann wurde ihm schlecht. Hab' ich gelacht.

Großvater und sein Kriegskamerad sangen »Oh, du schöner Westerwald« und ich frage mich, warum singen alte Männer immer oh, du schöner Westerwald, wenn sie besoffen sind?

Papa, Onkel Lothar und Tante Lissys Mann, von dem ich immer den Namen vergesse (aber wir sehen ihn ja sonst nie, Mama spricht schon seit Jahren nicht mehr mit Tante Lissy), spielten Skat. Tante Lucie zeigte ihren Schmuck rum, und Mama guckte alte Fotoalben an.

Onkel Fritz kniff meiner Schwester in den Hintern, das sah zufällig Papa und wurde tücksch. Mama rettete die Lage, indem sie munter rief: »Nun gehen wir alle nach Haus, die Kinder müssen ins Bett.« Es wurde auch Zeit.

Auf der Straße stritten sich Mama und Papa um die Autoschlüssel, Papa sagte, er wäre noch sehr wohl in der Lage, zu fahren. Mama sagte, das bist du nicht, soll dir bloß einer vorne reinfahren, du brauchst gar nicht schuld zu sein, aber wenn sie deine Fahne riechen, bist du dran, und die Versicherung zahlt nichts.

Mama fuhr uns heim und schimpfte die ganze Zeit auf Papas Verwandtschaft und auf den Obstsalat, der wäre zu süß gewesen. Hätte sie Sodbrennen nach gekriegt.

Papa sagte: »Wenn du nichts zu meckern hast, bist du auch nicht glücklich.«

(Aus: »Ferien sind schöner«. Langen Müller 1974)

Barbara Noack

Nie wieder kommt mir ein Hund ins Haus

Die Toidoi war ein schwarzer Spaniel und hieß eigentlich Cordy, aber der kleine Philip hat sie Toidoi genannt.

Und dabei blieb's.

Sieben Jahre lang flötete, säuselte, lockte und drohte er: »Toidoi! Hierher!«

Sie hat ihm ums Verrecken nicht parieren wollen. Schließlich war sie die Ältere und länger im Haus als er. Sie ließ sich von dem Kleinen nichts sagen.

Die Toidoi war damals schon mit zum Standesamt. Während wir drinnen »Ja« sagten, pöbelte sie draußen aus dem Wagenfenster.

Die Toidoi war immer und überall dabei, auch, als wir die hellblaue Tragetasche mit Philip aus der Klinik abholten. Sie empfand das Baby als völlig überflüssige Anschaffung. Es brachte bloß Unruhe in unsere kleine Familie, in der sie bis dahin der einzige Liebling gewesen war.

Toidoi mochte sowieso keine kleinen Kinder. Gutmeinende Nachbarn rieten uns, sie abzuschaffen. Sie war doch unberechenbar in ihrer Eifersucht. Wir schafften sie nicht ab, sondern taten viel, um ihr zu beweisen, daß wir sie genauso lieb hatten wie vor dem Familienzuwachs.

Dabei kamen wir vor lauter Zärtlichkeiten nach

rechts und links nicht aus dem Händewaschen heraus. Toidoi akzeptierte Philip, ohne ihn zu mögen, aber sie schloß ihn in ihr Verteidigungsprogramm mit ein. Sie wurde Philips Hütehund.

Nur für seine Schlaftiere hatte sie eine geradezu fatale Zuneigung, vor allem zu Zeiten ihrer eingebildeten Schwangerschaften.

Dafür klaute Philip, als er schon krabbeln konnte, ihre Quietschpuppen und Knochen.

Das sah mal meine Schwiegermutter. Ihr standen die Haare zu Berge vor Entsetzen.

Sie griff sich die Toidoi und fuhr mit ihr in die tierärztliche Hochschule.

Dort müssen sie unsere Hündin scheibchenweise unters Mikroskop gelegt haben, aber außer einer äußerst renitenten Abwehr gegen diese Maßnahme und zwei Zecken haben sie nichts Bedrohliches an ihr entdecken können.

Philips Kindheit wäre ohne Hund halb so lebendig gewesen. Toidoi ersetzte ihm die fehlenden Geschwister. Im Laufe der sieben gemeinsamen Jahre ließ sie sich manches von ihm gefallen. Aber nur bis zu einer gewissen Grenze, dann zeigte sie ihm die Zähne. Sofort war er brav.

Vater und Mutter mochten Philip die Zähne zeigen, so oft und so bleckend sie wollten – ihnen hat er trotzdem nicht gehorcht. Und das konnte die Toidoi sehr wütend machen. Sie war die einzige in der Familie, die viel von autoritärer Kindererziehung hielt. Toidois Tod nach sieben gemeinsamen Jahren ging Philip mehr zu Herzen als das Ableben seiner Großeltern.

Großeltern gehörten schließlich nicht zum täglichen

Umgang, wohl aber die Toidoi.

Das Heimkommen von der Schule machte keinen Spaß mehr, weil niemand an ihm hochsprang.

Die Wohnung war so leer, seitdem Toidoi nicht mehr da war, aber ich sagte nein, nein, ich will keinen Hund mehr. Es ist so schwierig mit dem Verreisen und überhaupt.

So ein Hund ist schließlich ein Lebewesen und als solches eine Verpflichtung. Den kann man nicht einfach kaufen, weil er »so süß« ist und wieder abschaffen, wenn er im Wege ist.

Die Toidoi fehlte überall, am meisten in den Händen. Philip hatte so gar nichts mehr zum Kraulen, kein zusammengerolltes Fell auf dem Fußboden, um das er sich selbst herumrollen konnte und schmusen.

Ich habe »*Nein*« gesagt.

Zwei Monate hielten wir durch, dann hielt Philips Vater es nicht mehr durch.

Eines Mittags stand er mit einem total verschüchterten blonden Hundebaby im Arm vor unserer Tür und erhoffte wenigstens keinen Rausschmiß, wie ich seinem ungewissen Grinsen entnahm.

Ich sagte, wie konntest du, wir wollten doch nicht mehr. Mein Vater sagte, er wäre zufällig an einer Tierhandlung vorbeigekommen, da hätte der hier im Fenster gesessen mit seiner Schwester, beide vom Lande, aus Westfalen, ganz in der Nähe, wo sein Vater geboren war, Prachtexemplare, nicht überzüchtet, schau ihn dir doch an – und seine Schwester hat vielleicht geweint, als ihr Bruder verkauft wurde.

Ich spürte, die arme kleine Schwester von diesem Hund ging ihm nicht aus dem Sinn und aus dem Mitleid.

Philip nahm ihm das Hundebaby behutsam ab und strahlte verklärt.

Das Baby weinte. Philip beruhigte es: »Hab keine Angst, du mußt nicht wieder fort. Hast du nicht die Geldscheine gesehen, die mein Papi für dich bezahlt hat?«

»Wieviel hast du für ihn bezahlt?« fragte ich meinen Mann.

Er konnte sich nicht mehr an die Summe erinnern, nur an die arme kleine, verlassene Schwester von diesem Hund. Wer weiß, was der für ein Schicksal bevorstand! Er wollte auch noch die Schwester!

Wir konnten uns damals nicht mal *einen* Hund leisten.

Nicht mal diesen in Philips Arm.

Wir nannten ihn Sascha.

Nur am ersten Tag war er verschüchtert und sanft. Im rauhen Toben mit Philip und seinen Freunden entwikkelte er seine Persönlichkeit sehr schnell. Er wurde ein Rabauke. Ein Halbstarker. Faxenmacher. Ein Schmierenkomödiant. Philips erster eigener Hund, der ihn rabiat verteidigte ohne Rücksicht auf die Rechtslage. Er hielt immer zu Philip und hütete mit ihm acht Tage lang das Bett, als Philip die Grippe hatte. Sie hatten auch die Grippe zusammen. Alles zusammen.

Nur einmal mußten sie sich für eine Zeit trennen. Sascha und die Meerschweine zogen vier Wochen früher von Berlin nach Starnberg als Philip. Als er Philip endlich vom Flughafen abholte, brüllte er vor Freude die Lautsprecheransagen nieder. Er kannte ja keine Hemmungen. Philip hatte es anfangs nicht leicht in der neuen Umgebung. Sascha verschaffte ihm Respekt bei den ortsansässigen Buben.

Sie hatten dann noch anderthalb herrliche, wilde, abenteuerliche Jahre miteinander. Sascha mischte bei allen Jungsspielen zu Wasser und zu Lande mit. Er fuhr sogar noch mal in Urlaub.

Eines Abends sind zwei Schäferhunde über ihn hergefallen und haben ihn getötet.

Philip hat es miterlebt. Er war damals elf und drehte durch. Lief einfach los.

Ich fand ihn schließlich auf einer Wiese. Es war sehr schlimm.

Ein Jäger nahm den Hund mit und grub ihn an einem landschaftlich besonders schönen Platz ein. Ein Grab mit Blick. Noch in derselben Nacht gruben die Füchse Sascha wieder aus.

Ein Glück, daß Philip nicht dabei war, als wir den stimmungsvollen Ort aufsuchten.

Ich schwor mir, nie, nie wieder einen Hund. Zwei Tage lang brannte eine Kerze neben Sachas Bild. Wehe, wenn wir sie gelöscht hätten. Dann nahm Philip das Telefon mit der langen Schnur und schloß sich damit in Klo ein. Er sagte uns nicht, mit wem er ein Gespräch führte.

Aber wenige Tage später stand ein enger Freund des Hauses mit einer jungen Afghanenhündin vor der Tür. Sie blickte uns aus klugen dunkelbernsteinfarbenen Augen ungewiß an und wedelte ein bißchen. Ich schrie: »O nein, o bitte nicht schon wieder!«

Philip kniete sich beglückt zu ihr und sagte mit einem letzten Rest von Pietät und Treue: »Aber Saschas Napf darfst du nicht haben.«

Wir kauften einen neuen Napf und nannten sie Natascha.

(Aus: »Ferien sind schöner«. Langen Müller 1974)

Arik Brauer

Das Düttchen

Gottes Wege sind wunderbar, sagen fromme Leute. Wir wollen in diesem Zusammenhang nicht darüber streiten, ob es einen Gott gibt und wie er aussieht. Fest steht, daß seine Wege wunderbar sind. Wie anders wäre es sonst zu erklären, daß aus dem Düttchen keine Gürtelhure, sondern eine Tierärztin mit Ordination und Diplom wurde?

Seinen Spitznamen erhielt das Düttchen im Alter von etwa zehn Jahren, als ihm innerhalb weniger Monate ein Busen erwuchs, der nicht seinesgleichen hatte in ganz Ottakring. Er lag auf dem Tisch wie zwei riesige Germknödel, wenn das Düttchen abends Einbrennsuppe aß. Er brachte die Luft und die Herzen zum Schwingen, wenn das Düttchen beim Laufen von ihm fast aus der Bahn gewippt wurde, und er fuhr durch den Schulhof wie ein stolzer Doppelmaster, der sich majestätisch durch einen schmalen Kanal seinen Weg bahnt. Mit so einem Busen hätte ein Mädchen aus einem sogenannten guten Haus sicher ein leichtes Leben gehabt. Ein wenig Bildung und gute Manieren rundherum, das Ganze verpackt in ein maßgeschneidertes Kleid mit Dekolleté, wer oder was hätte verhindern können, daß ein solches Geschöpf im Film oder als Gattin eines senilen, aber reichen Mannes oder sonstwo Karriere gemacht hätte? Alle Türen hätten sich geöffnet. Man hätte gesagt: »Aber bitte sehr, Fräulein Soundso, treten Sie näher, was kann ich für Sie tun?« Das Fräulein Soundso hätte sich gesetzt, eine Zigarette angezündet und selbstsicher seine Wünsche vorgetragen.

Leider aber war unser Düttchen aus keinem guten Haus. Sie war ein uneheliches Kind, die Folge einer Faschingsveranstaltung. Ihren Vater hatte sie nie zu Gesicht bekommen, und ihre Mutter war bald nach der Niederkunft in Richtung Brünn abgedampft, um in der neuen Umgebung vielleicht einen neuen Mann zu finden. Das Kind blieb bei der alleinstehenden Großmutter. Diese Großmutter war gutmütig, aber leider etwas schwachsinnig. Sie sprach einen deutsch-böhmischen Wortsalat, und es ist als Wunder zu bezeichnen, daß Düttchen überhaupt sprechen lernte. Weiters hatte die Großmutter die Manie, alles, was sie auf der Straße und in den Mülleimern fand, nach Hause zu schleppen. Man darf sich nicht vorstellen, daß in den Ottakringer Mülleimern der dreißiger Jahre sehr viele Wertgegenstände anzutreffen waren. Arbeitslos und verarmt, wie die Leute waren, verbrauchten sie alles bis zur Neige. Wenn etwas weggeworfen wurde, so war der betreffende Gegenstand endgültig erledigt. Was die Großmutter nach Hause brachte, waren zerbrochene Regenschirme, Glassplitter, Teile von Schuhen, alte Zeitungen, verbrauchte Straßenbahnfahrscheine, ja sogar Schotter und Hundekot verachtete sie nicht, wenn es darum ging, die großen Schürzensäcke zu füllen. Ihre Wohnung, die aus Zimmer und Küche bestand, hatte sich im Laufe der Jahre mit sorgfältig aufgeschichtetem Unrat zur Gänze gefüllt. Nur ein schmaler Pfad, der von der Tür zum Herd und weiter zum Bett führte, war freigeblieben, beidseitig flankiert von kompakten, bis an die Decke reichenden Müllmauern.

In diesem dämmerigen Schacht verbrachte die kleine Steffi, wie Düttchen damals noch hieß, ihre frühen Kinderjahre. Ihre und der Großmutter Nahrung bestand fast ausschließlich aus Erdäpfeln und Brotsuppe. Als Steffi ins schulpflichtige Alter kam, hätte eigentlich aller Voraussicht nach ein unterernährtes, zurückgebliebenes Kind aus diesem Misthaufen hervorkriechen müssen. Das war aber merkwürdigerweise nicht der Fall. Die sechsjährige Steffi präsentierte sich am ersten Schultag mit vollen rosigen Wangen und einer Seidenschleife im Haar. Sie knickste höflich, als die Frau Lehrerin sie nach ihrem Namen fragte.

»Stefanie Novotny«, sagte sie und konnte bereits gut zählen und sogar ein wenig lesen, welches letztere sie ganz gewiß nicht von ihrer Großmutter gelernt haben konnte. Sie war von Anfang an eine Vorzugsschülerin, so als hätte sie es sich in den Kopf gesetzt, zu beweisen, daß das Sein keineswegs immer das Bewußtsein bestimmen muß.

Der zu früh und zu groß heranwachsende Busen brach über Steffi herein wie ein Fluch, wie eine Schlechtwetterperiode, wie das böse Auge einer Hexe. Die Mitschüler nannten sie Düttchen, die Lehrer waren ihr gegenüber verkrampft streng, damit ihnen nicht nachgesagt werden konnte, sie hätten etwa eine Schwäche für große Busen. Die Lehrerinnen, die durchweg so gut wie keine Busen besaßen, begannen Düttchen zu hassen und zu verfolgen.

Der Busen wurde von Jahr zu Jahr größer und die Verfolgungen auch. Hätte man damals irgend jemand im Park gefragt, was seiner Meinung nach wohl aus dem Düttchen einmal werden möge, die einhellige und bestimmte Antwort wäre gewesen: »Eine Gürtelhure.«

Ein Waisenkind, welches bei einer debilen Großmutter aufwächst und eine derartig entwickelte Brust hat, kann nur eine Hure werden. Warum eine Gürtelhure? Weil der Gürtel der zu Ottakring am nächsten gelegene »Strich« ist. So klein war der Spielraum, den das Schicksal für ein solches Mädchen offenließ. Jedermann hätte auf die Frage nach Düttchens Zukunft so geantwortet, und die Leute wußten, wovon sie sprachen. Zunächst einmal würde das dreizehnjährige Düttchen einige Male vergewaltigt werden. Als erster würde sie vielleicht ein alleinstehender Nachbar in seine Wohnung locken. Dann würde ein Betrunkener sie ins WC hineindrängen und von innen zuriegeln. Dann erwischen sie bald die Halbstarken im Park, sie wird in die Nische des Parkwächterhauses gedrückt, einer hält ihr den Mund zu, ein paar andere machen »die Mauer« und einer vergewaltigt sie. Natürlich abwechselnd, weil ja Mund zuhalten und Mauer machen nicht gerade ein abendfüllendes Programm sind. Bald darauf lernt das Düttchen einen feschen Burschen kennen, mit brillantine-glänzenden Haaren und zweifarbigen Schuhen. Wenn dann am Samstagabend ein Besoffener auf sie zutorkelt, holt der fesche Bursche eine Rasierklinge aus der Tasche und fährt dem Angreifer damit blitzschnell übers Gesicht. Das Düttchen hat einen Beschützer, einen Geliebten, für den sie bereit ist, durch Feuer und Wasser zu gehen. Aber so viel verlangt der fesche Bursche gar nicht von ihr. Alles was er will, ist, daß sie auf den Gürtelstrich geht und das Geld brav nach Hause bringt.

So und nicht anders wird man eine Gürtelhure, und so und nicht anders mußte Düttchens Leben verlaufen. Und doch kam es anders.

Die Großmutter brachte an einem kalten Wintertag ein schmutziges dunkles Ding nach Hause, von welchem sie behauptete: »Ausgestopfte Viech.« Das ausgestopfte Vieh begann aber im warmen Zimmer aufzutauen und sich zu bewegen. Es handelte sich um einen jungen Hund von unglaublicher Häßlichkeit. Die Wissenschaftler behaupten unter anderem, daß eine Hyäne und ein Wildschwein zusammen kein Junges zeugen können. Für dieses Lebewesen aber war es schwer, sich andere Eltern als eben diese beiden vorzustellen. Düttchen preßte das halbtote Tier an ihren alles erwärmenden Busen und hatte damit, wie sich bald zeigen sollte, ihrem eigenen, scheinbar unabwendbaren Schicksal ein unverhofftes Schnippchen geschlagen.

Das Vieh wuchs zur Größe eines Kalbes heran. Es hatte eine aufgestellte, grausame Hyänenschnauze, graubraune Borsten, einen Ringelschwanz und riesige Muskelbündel an den Schultern. Kein Mensch hatte den Hund jemals etwas fressen gesehen, und es war auch ganz unwahrscheinlich, daß ein derartiges Ungeheuer von der mehr als kargen Kartoffelküche der Großmutter hätte ernährt werden können. Trotzdem wuchs »Cäsar«, wie Düttchen ihn verliebt nannte, von Monat zu Monat und warf damit die Theorie über den Haufen, daß aus nichts nichts werden kann. Sooft nun der alleinstehende Nachbar Düttchen in sein Zimmer lockte, drängte sich Cäsar mit hinein. Der Nachbar spendierte rasch ein

Bonbon und war froh, wenn beide wieder draußen waren.

Mit den Betrunkenen spielte sich die Sache dramatischer ab. In jedem Stockwerk des Hauses gab es zwei Gangklosetts, die von je fünf Parteien benützt, aber von keiner gereinigt wurden. Diese Toiletten bestanden aus einem Brett in Sitzhöhe mit Loch und rundem Holzdekkel. Der Zustand dort war dermaßen, daß die Leute es vorzogen, zu Hause einen Kübel zu benützen, den sie dann schlecht zielend in und um das bewußte Loch ausleerten. Als nun das Düttchen eines Tages am Gangfenster stand und den Tauben zusah, packte sie ein Betrunkener von hinten und stieß sie ins nahe Gang-WC. Er schob mit schwankender Hand von innen den Riegel zu und drehte sich grinsend um. Was er aber da sehen mußte, ließ sein Grinsen rasch erstarren. Das Düttchen war auf das bewußte Sitzbrett gesprungen, um Platz zu lassen für das, was da nun kommen würde. Dort stand nämlich Cäsar, Kopf und Pfoten mit Kot verschmiert und öffnete sein riesiges Maul. Er fuhr blitzschnell zu und packte – Zufall oder Sinn für Gerechtigkeit – den Betrunkenen beim Hosentürl, riß kräftig daran, und hätte dieser Mann einen Slip getragen, wie es heute üblich ist, er wäre nie mehr aufs WC gegangen und schon gar nicht mit der Absicht, kleine Mädchen zu vergewaltigen. Er trug aber die damals übliche sogenannte Gattehose, ein stoffreiches, weites Kleidungsstück mit vielen Knöpfen und Nähten. Und eben diesen Stoffbausch zusammen mit dem Hosentürl der Oberhose riß der Hund heraus. Der Mann drehte sich um, und während er krampfhaft den verrosteten Riegel aufriß, fühlte er noch, wie sich die langen Reißzähne Cäsars in sein Gesäß bohrten. Wie immer in solchen Fällen, waren sämtliche Küchenfenster sofort dicht besetzt, und als der Betrunkene mit blutigem Hinterteil und herausgefetztem Hosenbund über die Treppen stolperte, wußten alle, was sich da im Gang-WC zugetragen hatte.

Auch den Halbstarken im Park gelang es nicht, sich an das Düttchen heranzumachen, denn Cäsar war immer mit dabei, und sein bloßer Anblick ließ alle Triebe erkalten, wenn er mit gesträubtem Haar, Rinnaugen und hängenden Lefzen neben Düttchen durch den Park schritt. Die Halbstarken, die ihrerseits mit gesträubten Haaren, Rinnaugen und hängenden Lefzen auf den Parkbänken saßen, hatten einen zu entwickelten Sinn für wahre Machtverhältnisse, um sich mit diesem Ungeheuer einzulassen. Auch der fesche Bursch mit dem Brillantinekopf ließ nicht lange auf sich warten. Sein Verhältnis zu Cäsar war problematisch von Anfang an. Zunächst versuchte er, sich bei dem Hund beliebt zu machen, aber sein bei Frauen so unwiderstehlicher Charme machte auf den Hund den denkbar schlechtesten Eindruck. Sooft der fesche Bursche etwas Witziges sagen wollte, brüllte ihn Cäsar mit einem donnernden Knurren buchstäblich nieder und schnappte nach seinen zweifarbigen Schuhen, wenn der fesche Bursch ihn mit seinem sonst so sieghaften Mittelfinger am Bauch krabbeln wollte. Als sich schließlich eine geeignete Gelegenheit bot, die Rasierklingennummer abzuziehen, mißverstand Cäsar die gute Absicht und packte die bereits zum »Fahrer machen« erhobene Hand des feschen Burschen. Dann drückte der Hund seinen schrecklichen Kiefer langsm wie eine Daumenschraube zusammen, wobei er dem Feschen ernst und wissend in die Augen blickte.

Die Finger zerbrachen, die Rasierklinge zerbrach, und der Fesche war für einige Monate arbeitsunfähig. Der Mann, dem die Rasierklinge eigentlich gegolten hatte, war von dieser Szene so beeindruckt, daß er sich, nach rückwärts gehend und den Hund immer im Auge behaltend, schnellstens zurückzog.

Jungfer Düttchen wurde vierzehn Jahre alt, hatte die Hauptschule mit Vorzug beendet und begann nun, nach einem Posten Ausschau zu halten. »Tierliebende Bedienerin gesucht«, stand in einer Zeitungsannonce, und das Düttchen ging sich vorstellen.

Es war ein Tierarzt mit einer schönen, großen Wohnung, voll mit Tieren und Pflanzen aller Art, der annonciert hatte. Wieder schien es, als ob der Riesenbusen des Düttchen alles vermasseln würde, denn als der Herr Doktor das Mädchen sah, sagte er ja, aber die Frau Doktor sagte nein. Das Düttchen wartete im Vorzimmer, während sich die beiden Eheleute im Salon darüber stritten, ob der Herr Doktor penetrant auf den Busen der Kleinen geglotzt habe oder nicht.

Wieder war es Düttchens merkwürdige Anziehungskraft auf Tiere, die ihr weiterhalf. Im Vorzimmer befand sich ein kleiner Affe, der sogleich auf ihrem Kopf Platz nahm und sie ins Ohr zwickte. Als nun der Tierarzt, der natürlich gegen seine Frau den kürzeren gezogen hatte, die Tür aufmachte, um eine abschlägige Antwort zu erteilen, sah er die merkwürdige Szene und erfaßte blitzschnell, daß sich hier ein unwiderlegbares Argument zugunsten der neuen Bedienerin bot: »Dieses Kind ist ein Phänomen, noch nie hat sich der scheue Affe an jemand Fremden herangewagt. So eine Bedienerin finden wir nie wieder.«

Seine Frau gab nach, Düttchen wurde engagiert. Sie hieß jetzt Fräulein Steffi und machte ihre Sache sehr gut. Putzte die Wohnung und pflegte die Tiere, die unter ihren Händen vor Liebe und Zutrauen förmlich zerflossen. Mehr und mehr ging der Arzt dazu über, bei schwierigen oder schmerzhaften Behandlungen das Fräulein Steffi in die Ordination zu holen, wo sie die Tierpatienten an ihren beruhigenden Busen drückte. Er kaufte ihr zu diesem Zweck sogar einen weißen Mantel, der ihr ziemlich eng war.

Die Frau Doktor sah diesem Treiben mit allergrößtem Mißtrauen zu. Sie war eifersüchtig und machte dem Fräulein Steffi das Leben schwer, wo und wann sie konnte. Diese sprach bald einwandfreies Hochdeutsch und überwand sogar jenes für den Wiener Dialekt charakteristische slawische L, welches, als sicheres Zeichen proletarischer Herkunft, vom Bürgertum verachtet und von den Funktionären der Arbeiterbewegung kultiviert wird.

Mit ihrer Eifersucht war die Frau Doktor keineswegs auf dem Holzweg. Der Tierarzt war nach zwei Jahren unter der psychischen Last der beiden Superbrüste buchstäblich zu Boden gegangen und schüttelte kniend dem verdattert dastehenden Düttchen sein Herz aus. Ein Papagei bereitete der unerquicklichen Szene ein rasches Ende, indem er kreischte: »Frau Doktor, Frau Doktor«, was den armen Tierarzt wieder zu sich und auf die Beine brachte. Er verschaffte dem Fräulein Steffi noch einen Posten als Tierpflegerin bei einer Kollegin und verschwand als Gentleman aus ihrem Leben. Die neue Chefin war eine gutaussehende junge Frau mit kurzen Haaren und einer gestreiften Krawatte. Sie war unverheiratet geblieben, denn ihre Liebe galt, neben den Tieren, nur den Frauen. Als der wogende Aufbau des Fräulein Steffi in das Büro der Tierärztin hineinfuhr, wurde dieser beinahe die Krawatte zu eng. Es versteht sich, daß unser Düttchen vom Regen in die Traufe geraten war. Die Tierärztin war aber eine hochintelligente, feinsinnige Person und verhielt sich zunächst harmlos, wohlwollend, freundschaftlich. Fräulein Steffi leistete ausgezeichnete Arbeit in der Ordination und besuchte abends eine Maturaschule. Unwissend, wie sie war, brauchte sie mehr als ein Jahr, um zu begreifen, was die Chefin eigentlich meinte, wenn sie ihr den Hals streichelte. Sogleich wurde aber die heikle und schwierige Situation wieder von einem Tier in Ordnung gebracht. Ein krankes Meerschweinchen biß die Tierärztin in den Finger. Die Wunde infizierte sich und verursachte eine komplizierte Krankheit, an welcher die Frau Doktor jahrelang laborierte. Ihre Praxis wurde in dieser Zeit zum großen Teil vom Fräulein Steffi weitergeführt, welche über eine geradezu unheimliche Fähigkeit verfügte, Krankheiten bei Tieren frühzeitig zu erkennen.

Eines Tages stand Düttchen vor ihrem Spiegel und betrachtete ihre Silhouette. Da fiel ihr auf, daß sie plötzlich ihre eigenen Fußspitzen wieder sehen konnte, wozu sie seit ihrem zwölften Lebensjahr nicht mehr imstande gewesen war. Der Superbusen verlagerte sein Gewicht langsam in Richtung Nabel.

Von diesem Zeitpunkt an ging es mit dem Busen bergab und mit dem Leben und der Karriere des Düttchens steil bergauf. Sie bestand ihre Matura und immatrikulierte sich an der Universität. Dort lernte sie bald einen Studenten kennen, der selig in ihrem von Monat zu Monat tiefer hängenden Busen versank. Mit diesem Studenten emigrierte das Düttchen nach Amerika, wo sie ihr Studium erfolgreich beendete und eine Praxis als Tierärztin eröffnete.

(Aus: »Die Zigeunerziege«. Langen Müller 1976)

Simon Carmiggelt

Der Erziehungsvirtuose

Als ich bei Adrian Zuckelich auf Besuch war, hatte ich wieder einmal allen Grund zur Selbstverachtung, denn dieser Mann macht alles besser als ich. Wenn ich allein schon sehe, wie er seine Frau behandelt, möchte ich mir das Herz aus der Brust reißen, denn er überbietet sich in kleinen Aufmerksamkeiten, und wahrlich nichts erinnert an die Trägheit, die sich immer meiner bemächtigt, sobald ich den lauen Plüsch des hausherrlichen Lehnstuhles im Rücken fühle. Da meine Liebe der Oblomows gleicht – ich würde mich gerne für sie in den Abgrund stürzen, finde aber das Holen von einem Pfund Salz zu beschwerlich –, antworte ich kaum auf Fragen, während Adrian die Luft freiwillig mit Ausrufen erfüllt wie »Komm, Marianne, das mache ich!« oder »Bleib nur sitzen, Liebling, ich hole es schon!« Dann huscht er durch die Wohnung, und zwar nicht mit der dumpfen Fatalität eines Menschen, der weiß, daß die Ehe nun einmal aus Geben und Nehmen besteht, sondern mit strahlendem Gesicht.

Und man muß sehen, wie er mit seinen Kindern umgeht! Ein Mädchen von fünf und einen Jungen von neun hat er – beachtliche Mikrokosmen also, aus denen immer wieder unerwartete Raketen hervorschießen, die mich bei meiner eigenen Nachkommenschaft häufig zu verwirren pflegen. Aber Adrian steht auch in diesem Ansturm fest wie ein Fels.

Der Ausgangspunkt seines Handelns ist nämlich eine uneinnehmbare Igelstellung, die er aus Werken über Erziehung und Kinderpsychologie aufgebaut hat. In seinem Bücherschrank kann man sie stehen sehen: »Das schwierige Kind« oder »Junge Menschen sehen dich an«, alles kluge Schriften – und, was mehr besagt: er hat sie gelesen, Zettel hineingelegt und manche Stellen mit seinem erprobten Vierfarbenstift angestrichen, der ihm beim Studium wie ein Schwert an der Seite hängt.

»Heute nachmittag haben wir etwas Reizendes mit Annelies erlebt«, sagte er gestern abend, mich hygienisch lächelnd über seine Brille anblickend, »du hättest dabei seinsollen …«

»Adrian«, rief Marianne aus der Küche, »kannst du bitte schnell den Mülleimer hinausbringen?«

»Aber natürlich! Ich komme schon!«

Und er sprang auf, als gelte es Schnaps zu holen, und schwenkte kurz darauf den Hausabfall melodiös pfeifend durch den Flur. Wieder in seinem Sessel, fuhr er fort:

»Also hör zu – Annelies kam kurz vor dem Schlafengehen in ihrem Nachthemdchen zu mir und fragte: ›Papi, wie kommen eigentlich Kinder auf die Welt?‹ Früh, nicht wahr? Sie ist knapp fünf. Aber ich war ja darauf vorbereitet.«

»Natürlich«, sagte ich und warf dabei einen Blick auf die Bücher.

»Ich setzte mich also«, berichtete Zuckelich weiter, »ihr gegenüber hin und erzählte ihr ganz unbefangen und ruhig von den Blumen. Weißt du, vom Pollen.

Und von den Staubgefäßen. Und vom Bienchen, das summ, summ, summ von einer Blume zur anderen ... Also, Mensch, es war rührend zu beobachten, wie sie versonnen dieser zarten Geschichte lauschte. ›Verstehst du es, Annelies?‹ habe ich gesagt. ›So ist es auch bei den Menschen.‹ Und sie erwiderte: ›Ja, Papi‹ und ging völlig zufrieden ins Bett.«

»Wie schön!« sagte ich. Und dachte: Diese Platte könnte ich zu Hause auch einmal auflegen. In der letzten Zeit fragen die Kinder dauernd nach diesen Dingen, und die nüchterne Wahrheit besitzt hierbei doch einige Nischen, vor denen noch ein paar Jahre ein Vorhang flattern muß. Denn wenn ich auch zu aufgeklärt für den Klapperstorch bin, so kann ich doch kaum den Kinsey-Bericht zwischen die Bilderbücher schmeißen. Aber das mit den Blumen ... Obgleich das mit dem Bienchen ...

»Du, Annelies liegt im Bett und schluchzt!«

Mit erschrockenem Gesicht stürzte Marianne herein.

»Ich werde schnell nach ihr sehen«, sagte Adrian wie jemand, der alles einkalkuliert hat und bei Brand genau weiß, wo die Geldkasse steht.

»Komm doch mit – das lenkt sie von ihrem Problem ab.«

Im Kinderbettchen fanden wir ein tränenüberströmtes Köpfchen, das zuerst die Ursache seines Kummers nicht beichten wollte.

»Komm, sag es doch«, drängte Zuckelich. Und dann sprudelte es heraus:

»Ach, Papi ... ich habe keine Staubgefäße.«

(Aus: »Abenteuer mit Kindern.« Langen Müller 1971)

Carlo Manzoni

Kein Zweifel, das Auto beginnt mit der Zeit, seinen Besitzer liebzugewinnen

Ich habe mich entschlossen, einen neuen Wagen zu erwerben und möchte daher logischerweise meinen alten loswerden. Bevor ich mich endgültig entscheide, gehe ich zum Gebrauchtwagenhändler und zeige ihm mein gutes, altes Stück. »Es hat ihm nie etwas gefehlt«, sagte ich, »ich habe ihn immer mit Liebe und Rücksicht behandelt. Der Motor ist wie neu, die Karosserie können Sie von allen Seiten begutachten, setzen Sie sich hinein und fahren Sie ein Stück.«

Der Händler fährt los, kommt zurück, beäugt den Wagen noch einmal von innen und außen, von oben und unten.

»Ausgezeichnet«, sagt er dann, »er ist wirklich in tadellosem Zustand. Da können Sie noch allerhand herausschlagen.«

»Und wer zahlt mir allerhand?« frage ich.

»Ich«, sagt der Händler, »ich höchstpersönlich. Sie bestellen Ihren neuen Wagen, und wenn Sie ihn geliefert bekommen, bringen Sie mir den alten.«

»Einverstanden«, sage ich und bestelle den neuen Wagen. Man sagt mir, daß ich mit einer Lieferzeit von ungefähr einem Monat rechnen muß.

Ich verständige den Händler, der mir versichert, daß er mir auch nach einem Monat noch denselben Preis bieten kann, vorausgesetzt, ich halte den Wagen in demselben prima Zustand wie bisher.

Hochzufrieden verlasse ich ihn. Als ich um die nächste Ecke biege, beult mir ein Radfahrer die vordere rechte Tür ein.

»Da haben wir's!« schimpfe ich. »Noch nie ist mir so was passiert.« Der Radfahrer behauptet, diese Strecke zum ersten Mal zu fahren und mich nicht gesehen zu haben. Langes Palaver, der Radfahrer verschwindet, und ich bringe den Wagen zur Reparatur.

Der Mann in der Werkstatt kriegt die Türe wieder großartig hin, was mich natürlich einen Haufen Geld kostet, aber da ich ja den Wagen in gutem Zustand halten muß, beiße ich in den sauren Apfel und zahle, was meiner nervlichen Verfassung nicht gerade förderlich ist.

Gerade, als ich den Schock einigermaßen überwunden habe, höre ich ein seltsames Geräusch, das aus dem Motor zu kommen scheint und mir bis jetzt noch nie aufgefallen ist. Ich fahre wieder zur Werkstätte zurück, und der Mechaniker macht mir die erfreuliche Mitteilung, daß der Verteiler schmort. Als er hört, daß ich den Wagen verkaufen will, meint er, daß ich mit dem verschmorten Verteiler kaum ein gutes Geschäft machen würde. Besser, man wechselt ihn aus.

Ich lasse ihn also auswechseln und zahle. Der Wagen läuft wieder tadellos. Ich kann nur hoffen, daß mir nicht *noch* irgendwas passiert.

Um weiteren Ausgaben vorzubeugen, fahre ich übervorsichtig, schleiche nur noch im Schneckentempo um die Kurven. Eines Abends gehe ich ins Kino. Als ich den Wagen zur Heimfahrt anlasse, höre ich wieder ein komisches Geräusch, diesmal kommt es von hinten.

Ich steige aus, schaue nach. Der Kofferraum ist offen, er hat geklappert, und der Ersatzreifen ist futsch. Geklaut.

Ich lasse das Schloß reparieren und kaufe ein neues Ersatzrad.

Nie zuvor hatte ich unter ähnlichen »Schicksalsschlägen« zu leiden gehabt. Erst, als ich den Entschluß gefaßt hatte, den Wagen zu verkaufen, ging es los. Bleibt nur zu hoffen, daß diese Pechsträhne jetzt ein Ende hat.

Sie hatte nicht.

Auf dem Rückweg von einer kleinen Reise zerspringt ohne jeden ersichtlichen Grund die Windschutzscheibe. Ich kriege natürlich einen gehörigen Schrecken, schaffe es aber glücklicherweise noch, ohne weitere Fährnisse zu halten. Ich klaube die Glasscherben aus dem Wagen und fahre weiter. Der Kundendienst meines Autos sorgt für eine neue Windschutzscheibe.

Als ich alles zusammenrechne, was ich, seit ich den Wagen verkaufen will, ausgegeben habe, kommt eine stolze Summe heraus. Da nur noch wenige Tage bis zur Lieferung des neuen Wagens fehlen, wage ich zu hoffen, daß es nun genug ist.

Ich kreuze bei dem Gebrauchtwagenhändler auf, der meinen guten alten Wagen noch einmal besichtigt und mir versichert, daß er o.k. ist und der genannte Preis bestehenbleibt. Wenigstens *ein* Trost.

Dann fahre ich nach Hause und lasse den Wagen wie immer vor dem Haustor am Randstein stehen.

Als ich wieder herunterkomme, haben die lieben Kinderlein der Nachbarschaft ihr Fußballspiel beendet und eine hübsche Delle an meinem Kofferraum hinterlassen. Mit einem Nagel haben sie außerdem in die rechte Hintertüre »Pippo ist ein Idiot« eingekratzt. Ich heiße zwar nicht Pippo, aber der Idiot stimmt. Ich beschließe, keine Lira mehr in den Wagen zu stecken und ihn am nächsten Morgen, so wie er ist, zum Händler zu bringen.

Und genau das tue ich. Der gute Mann beschaut ihn wieder von oben nach unten, zeigt auf die eingekratzte Schrift, auf die Delle und dann auf den Boden, wo sich unter dem Kühler eine kleine Wasserlache gebildet hat.

Er probiert den Motor aus und schüttelt den Kopf.

Und nun zählt er alle die Dinge auf, die bei dem Wagen jetzt nicht in Ordnung sind und die vorher in Ordnung gewesen waren. Er meint, ich hätte mich in diesen letzten Tagen mit dem guten, alten Stück richtig ausgetobt, ich hätte wohl kein Interesse mehr an dem Karren und an seiner Instandhaltung, da ich ihn verkaufen wollte. Weiter sagt er noch, daß *er* kein Idiot sei und mir nur mehr so und so viel geben könnte. Diese Summe liegt weit unter seinem ersten Angebot. Was bleibt mir übrig als zuzustimmen? Besser jetzt verkaufen als noch mehr Pannen riskieren und noch mehr draufzahlen. Ich kann aber nichts dafür. Der Wagen ist schuld. Seit ihm klargeworden ist, daß ich ihn verkaufen will, hat er sich eben gerächt.

So ist es mir ergangen, und deshalb bin ich überzeugt, daß auch ein Auto Gefühle hat und seinen Herrn mit der Zeit liebgewinnt. Und sich ärgert, wenn es merkt, daß seine Liebe nicht erwidert wird …

(Aus: »Liebling, zieh die Bremse an.« Langen Müller, 1974)

Carlo Manzoni

Verkehrserziehung ist gut, aber …

Man soll nie übertreiben. Für alles muß es eine Grenze geben, meine ich. Sie zu überschreiten, bringt meist einen Haufen Schwierigkeiten. Vor allem, wenn es sich um Verkehrserziehung handelt. Von ihr will ich nämlich sprechen. Ich möchte klarstellen, daß man die Verkehrsregeln zwar bis zu einem gewissen Grad befolgen, aber nicht unbedingt wörtlich nehmen sollte.

Ein Beispiel:

Ganz plötzlich werden wir alle unerhört wohlerzogen. Versuchen Sie sich so etwas einmal vorzustellen. Das könnte doch vorkommen. Alle Autofahrer halten sich mit einem Schlag in vorbildlicher Weise an die Verkehrsregeln.

Tommaso fährt mit seinem Wagen die vorgeschriebenen siebzig Kilometer und sieht nach einer Weile im Rückspiegel einen Wagen, der sich mit leicht erhöhter Geschwindigkeit nähert. Tommaso geht mit dem Tempo herunter, um den Mann vorbeizulassen, aber dieser, nennen wir ihn Romeo, überholt nicht. Auch er geht, wie es die Verkehrsregel vorschreibt, mit dem Tempo herunter. Worauf Tommaso noch langsamer fährt und Romeo ein Zeichen gibt, zu überholen.

»Kommt gar nicht in Frage«, denkt Romeo, »nie und nimmer werde ich einen so korrekten Fahrer überholen.« Er grinst Tommaso freundlich an und gibt mit

Handzeichen zu verstehen, er solle ruhig weiterfahren, er werde zurückbleiben.

Tommaso bedankt sich kopfschüttelnd und winkt noch einmal, die Straße ist frei, Romeo könne ruhig überholen. Doch der fährt noch langsamer, Tommaso desgleichen. Als er merkt, daß Romeo auf keine noch so freundliche Überhol-Einladung reagiert, hält er am Straßenrand, steigt aus und tut, als ob er seinen Schuh zubinden müßte.

Zugegeben, eine lächerliche Ausrede, aber Romeo läßt sich nicht täuschen. Er hält ebenfalls, steigt aus und lüftet freundlich lächelnd den Hut.

Tommaso hat seinen Schuh zugebunden, der ja bereits zugebunden war, grüßt höflich zurück und deutet mit einer einladenden Bewegung auf die freie Straße.

»Bitte«, sagt er, »fahren Sie nur los!«

»Danke«, antwortet Romeo, »nach Ihnen.«

»Aber warum denn«, sagt Tommaso, »ich habe keine Eile.«

»Ich auch nicht«, meint Romeo, »ich bleibe hinter Ihnen.«

»Kommt nicht in Frage, ich fahre nach Ihnen. Also los, und keine falsche Höflichkeit, bitte.«

»Das soll keine Höflichkeit sein«, meinte Romeo.

»Es ist einfach meine Pflicht, Ihnen die Vorfahrt zu lassen.«

Romeo geht zu Tommasos Wagen, öffnet die Türe und zeigt auf den Sitz: »Bitteschön!«

Nun geht Tommaso zu Romeos Wagen, öffnet die Türe, zeigt auf den Sitz: »Wollen Sie so freundlich sein!«

Inzwischen hat sich eine kleine Wagenkolonne hinter den beiden gebildet. Einige der Fahrer hupen diskret, ohne unangenehmen Lärm, weil alle mit den neuen, phonschwachen Hupen ausgerüstet sind. Tommaso und Romeo sind immer noch dabei, sich voreinander zu verbeugen und »bitte nach Ihnen« zu murmeln. Die Autos hinter ihnen warten geduldig.

Die Verkehrspolizei erscheint. Sie will den Grund des Staus feststellen.

Die Polizisten beglückwünschen die beiden Männer zu ihrer vorbildlichen Anwendung der Verkehrsregeln, bitten aber, sich endlich zur Weiterfahrt zu entschließen, um nicht den ganzen Straßenverkehr lahmzulegen. Sie lassen sich die Führerscheine zeigen und einigen sich dahin, daß der Ältere Vorfahrt haben soll.

Romeo stellt sich als der, wenn auch nur um ein paar Tage Ältere heraus.

Romeo ist gegen diesen Beschluß. Nicht der Ältere soll die Vorfahrt haben, sondern der Prominentere. Tommaso hat einen ziemlich wichtigen Posten in einem Ministerium und verdient so das Vorfahrtsrecht.

Dutzende von Autos bilden nun eine endlose Schlange, und die Polizei entschließt sich zu härteren Maßnahmen.

»Verkehrserziehung ist etwas Schönes«, sagt einer der Polizisten, »wir bewundern wirklich ihre außergewöhnlich korrekte Anwendung der einschlägigen Vorschriften, aber man soll auch nichts übertreiben. Sie sehen ja, wohin das führt, und wir kriegen nachher noch einen Anpfiff vom Boß. Egal, wer von euch beiden zuerst fährt, Hauptsache, ihr setzt euch endlich in Bewegung!«

Diese weisen Worten haben die Wirkung einer Bombe.

Circa achtzig Autos fahren wie der Teufel los, überholen sich ohne Rücksicht auf Blechschäden, eine Staubwolke wirbelt auf, während Tommaso und Romeo mit geballter Kraft auf ihre Gashebel treten und mit zusammengebissenen Zähnen versuchen, wieder an die Spitze der Kolonne zu kommen.

Verkehrserziehung ist gut, aber …

(Aus: »Liebling, zieh die Bremse an.« Langen Müller 1974)

Bruno Hampel

Hauskrawall um Hannibal

Für Hannibal war dieses neue Leben in der vierten Etage fast unerträglich.

Fünf Lenze hatte er bereits erlebt und sich daran gewöhnt, jederzeit selbst zu bestimmen, ob er im warmen Haus irgendwo schlief oder sich lieber in der freien Natur bewegte. Ein halbes Dutzend Schlupflöcher hatten es ihm fünf lange Jahre hindurch ermöglicht, das gemütliche Eichholz-Haus zu jeder Tages- und Nachtzeit zu verlassen, wenn die Liebe oder der Hang zum Abenteuer ihn dazu trieben. Sein Revier war etwa eine Quadratmeile groß gewesen, ein wahres Paradies, mit Bäumen, Zäunen, Sträuchern, Hecken, mit Kellerfenstern, Garagendächern, Komposthaufen, Geräteschuppen, mit Mauselöchern und Vogelnestern, mit Fußspuren von Igeln und wilden Kaninchen, mit tausend interessanten Gerüchen, die seinem Katerdasein erst die rechte Würze gaben.

Das alles sollte nun vorbei sein. Statt freier Wildbahn hundert Quadratmeter Teppichboden. Hannibal litt und rebellierte. Seit vierundzwanzig Stunden verschmähte er jegliche Nahrung, lief nur von einem Zimmer ins andere und gab markerschütternde Klagelaute von sich.

Er ließ sich auch von seinem Freund Martin nicht beruhigen. Wenn der Junge ihn auf den Arm nahm und streichelte, verstummte er zwar für eine Weile, aber dann ging ein Zittern durch seinen Körper, vom Nacken bis zur Schwanzspitze, und das klägliche Maunzen setzte wieder ein, lauter als zuvor.

Karla enthielt sich jeglicher Kritik. Sie beherzigte Charlottes Rat, die ihr eingeschärft hatte: »Der Junge muß von selbst darauf kommen, daß es unmöglich ist!«

Diese Lektion erhielt Martin am späten Nachmittag des dritten Tages, den Hannibal in der Wohnung verbrachte. Er konnte auf einmal das Gejammer nicht länger mit anhören. Er öffnete die Terrassentür und ließ den Kater hinaus in der Hoffnung, er würde sich für das zusätzliche Stück Freiheit dankbar erweisen.

Diese Hoffnung trog. Hannibal wetzte einige Male kreuz und quer über die Terrasse. Dann sprang er auf die Brüstung, schlängelte sich durch die Geranien bis zur gläsernen Trennwand und war im nächsten Augenblick auf der benachbarten Terrasse verschwunden.

Martin beugte sich über die Blumenkästen weit hinaus und reckte den Hals. Er erkannte Hannibals hochgerichtete Schwanzspitze – jetzt schon zwischen den Balkonpflanzen des übernächsten Nachbarn.

Warum soll er nicht ein bißchen in der frischen Luft spazierengehen? dachte der Junge. Er rechnete nach und stellte fest: Es sind sechs Wohnungen insgesamt mit sechs Terrassen auf jeder Etage. Hannibal wird bis ans äußerste Ende wandern und dann wieder umkehren ...

Leider war auch diese Hoffnung trügerisch.

Man hätte glauben können, Hannibal handle mit Vorbedacht. Er produzierte genau den Skandal, der erforderlich war, um seinen Freund Martin zu kurieren. Dazu benötigte er eine knappe Viertelstunde.

Auf der vierten Terrasse war ein runder Tisch gedeckt, sehr liebevoll, für zwei Personen, mit allen Schikanen. Um den Kerzenhalter herum hatte die Gastgeberin Schüsseln und Schalen hübsch gruppiert, mit Räucherlachs, Scampis, Forellenfilets, Parmaschinken, Wildpasteten und Tatar.

Hannibals Freßlust war nach zwei Tagen Hungerstreik gewaltig. Er sprang von der Balkonbrüstung direkt auf den gedeckten Tisch und langte kräftig zu. In wenigen Minuten halbierte er die Vorräte und brachte dabei so ziemlich alles durcheinander.

Gesättigt sprang er zurück in die Geranien und wanderte weiter, über die fünfte Terrasse bis zur sechsten Terrasse. Dort hing an einer gebogenen Messingstange ein weißlackierter Drahtkäfig, der einen wunderschönen Papagei beherbergte. Beim Anblick des Katers sträubten sich blaue und rote Federn.

Nach einigen Schrecksekunden begann der Vogel zu schreien und Schimpfworte auszustoßen.

Hannibal sprang von der Brüstung auf einen Liegestuhl und von dort auf den Gartentisch, der direkt neben dem Drahtkäfig stand. Er nahm eine bequeme Sitzhaltung ein und blickte aus seinen großen gelben Augen still und verwundert auf den bunten Krakeeler. Nach einiger Zeit langweilte ihn das hysterische Geschrei. Er hob die rechte Vorderpfote und fing an, sich zu lecken und zu putzen. Die Papageienstimme erhielt bald Verstärkung. Zuerst durch die Besitzerin des tropischen Vogels, Fräulein Sievers, eine pensionierte Gewerbelehrerin. Angst und Empörung machten ihre Stimme schrill und durchdringend. Dazu schlug sie heftig die Hände zusammen. Hannibal ergriff die Flucht.

Inzwischen war auch Frau Lilienthal, die Besitzerin der vierten Terrassenwohnung, mit ihrem Gast draußen am gedeckten Tisch erschienen, ohne gleich zu bemerken, welche Veränderungen hier stattgefunden hatten. »Bitte, greifen Sie zu, Herr Doktor! Fühlen Sie sich wie zu Hause!« Die erstaunten Augen des Gastes ließen Frau Lilienthal stutzig werden. Sie senkte ihren Blick. Fassungslos starrte sie auf die geplünderten Vorräte.

In diesem Augenblick marschierte ein großer, rot und weiß gefleckter Kater über ihre Blumenkästen und verschwand hinter der Trennwand zur nächsten Terrasse. Das vornehme Appartementhaus erlebte nun seine erste laute halbe Stunde. Fräulein Sievers und Frau Lilienthal nahmen kein Blatt vor den Mund. Karla bot Schadenersatz. Der Hausmeister wurde gerufen.

Andere Hausbewohner, von dem Lärm angelockt, versammelten sich nach und nach in der vierten Etage und lernten sich auf diese Weise erstmals kennen. Es bildeten sich rasch zwei Parteien, eine pro und eine contra.

»Lesen Sie den Mietvertrag!« empfahl der Hausmeister salomonisch. »Tierhaltung nur mit dem Einverständnis aller Mitbewohner.«

»Ist ein Papagei kein Tier?« konterte Karla.

Später sagte sie im Wohnzimmer zu ihrem Sohn: »Du mußt nun selbst eine Entscheidung treffen!«

Martin nickte. »Hab ich schon.« Dann holte er den Karton mit den Luftlöchern aus seinem Zimmer, setzte Hannibal hinein und brachte ihn noch am selben Abend zurück zu seinem Großvater, zurück in die Freiheit.

(Aus: »Eichholz & Söhne.« Herbig 1977)

Werner Finck

Das muß rein!

Ein Filmsketsch

Ein Privatbüro Der *Direktor* (Finck) sitzt an seinem Schreibtisch und telefoniert.

Finck:

Hören Sie zu, Fräulein Müller. Ich habe doch schon vor einiger Zeit diese Zeitung … wie heißt sie? … »Lokalanzeiger« … abbestellt. Haben Sie denn den Brief damals nicht geschrieben? – Doch? Das begreife ich nicht. Die Zeitung wird mir nach wie vor geliefert. – Das begreifen Sie auch nicht? Kunststück, wenn ich es schon nicht begreife! Also bringen Sie den Brief mal sofort zu mir!

Hängt ein. Zu sich selbst.

Wenn ich nicht alles selber mache, wird nichts gemacht. Und wenn ich alles selber mache, machen die andern erst recht nichts. Was soll ich machen?!

Stenotypistin (Meineke) erscheint mit einem Brief in der Hand.

Meineke:

Bitte, Herr Direktor, hier ist der Brief, den ich damals geschrieben habe, damit Sie nicht denken …

Finck:
Ich denke gar nichts.
Meineke:
Nimmt den Brief und liest ihn.
Und dann sollte ich noch ausrichten …
Finck: (streng)
Ich lese, Fräulein Müller.
Meineke:
Verzeihung.
Finck:
Und was ich hier lese, ist ein Riesenquatsch. Wenn ich eine Zeitung wäre, würde ich mich daraufhin auch weiterliefern. Wie können Sie so was schreiben! … Ich bestelle ihre Zeitung vom 1. April ab ab … – Was ist das für ein Stil! – ab ab – fürchterlich! Formulieren Sie das mal anders!
Meineke:
Ja, vielleicht: … An die Redaktion etc. Ich gebe das Abonnement auf.
Finck:
Entsetzlich! Eben beschwere ich mich über – ab ab –, jetzt fangen Sie mit – an an – und hören mit – auf – auf! Setzen Sie sich! Ich werde Ihnen den Brief diktieren, damit Sie lernen, was Stil ist.

Setzt sich.

Meineke:
Jawohl, Herr Direktor.

Finck:
Aber halten Sie sich nicht mit Stenografieren auf! Es muß schnell gehen.

Meineke:

Scheint an seine Art gewohnt zu sein. Sie legt sich den Block zurecht.

Jawohl. Ich wollte Ihnen nur noch vorher sagen …

Finck: (unterbricht)
Später! Jetzt muß ich mich sammeln.

Steht auf. Geht nachdenklich auf und ab. Wendet sich wieder zu ihr.

Schreiben Sie: Titl. Punkt Redaktion undsoweiter.

Meineke:
Was ist Titl. Punkt, Herr Direktor?

Finck:
Tituliere, Herrgott! Fragen Sie nicht, schreiben Sie! Immer erst klar denken! Was will ich? Die Zeitung abbestellen.

Meineke:
Ja, aber gerade eben hat …

Finck: (unterbricht erneut) Ruhe! Jetzt diktiere ich.

Meineke:
Jawohl, Herr Direktor … äh, Herr Direktor.

Finck:
Was ist also die Hauptsache?

Meineke:
Das Abbestellen.
Finck:
Nein, das Bezahlen.
Meineke:
Ich denke, Sie wollen *nicht* bezahlen.
Finck:
Eben –

Er setzt sich wieder in seinen Stuhl.

und deshalb schreiben Sie: Die Bezahlung Ihrer Zeitung verweigere ich. – Warten Sie! Das muß präzise sein. – Die Bezahlung Ihrer Zeitung ab 1. April verweigere ich. – Wann hatte ich die Zeitung abbestellt?
Meineke:
Am 1. Januar.
Finck:
Aha, das muß rein ... Die Bezahlung Ihrer von mir bereits am 1. Januar auf den 1. April abbestellten ... Haben die eigentlich verlangt, daß ich nochmals bezahle?
Meineke:
Jawohl.
Finck:
Das muß rein. – Die von Ihnen geforderte Bezahlung ... Wann haben die das gefordert?

Meineke:

Am 15. April.

Finck:

Also: – Die von Ihnen am 15. des Monats geforderte Bezahlung Ihrer von mir bereits am 1. Januar auf den 15. April abbestellten ... (kopfschüttelnd)

Finck:

Es ist eigentlich eine bodenlose Unverschämtheit, mir die Zeitung trotzdem weiterzuliefern. Das muß rein! Schreiben Sie so: – Die von Ihnen am 15. des Monats geforderte Bezahlung Ihrer von mir bereits am 1. Januar auf den 1. April abbestellten – Komma –

Meineke:

Komma? Ich dachte Zeitung.

Finck:

Unterbrechen Sie mich nicht! Komma – ... von Ihnen aber weitergelieferten ... – Die Leute haben doch einfach während meiner Reise die Zeitung weiter in den Briefkasten gesteckt!

Meineke:

Unglaublich, Herr Direktor.

Finck:

Eben. Das muß rein. Fangen Sie noch mal an. Wie weit sind wir?

Meineke:

Die von Ihnen am 15. des Monats geforderte Bezahlung Ihrer von mir bereits am 1. Januar auf den ersten April abbestellten …

Finck:

Komma – von Ihnen aber weitergelieferten und bei mir während meiner mehrwöchigen Abwesenheit … – Komma – … also ohne mein Wissen

Finck:

Warum wollte ich die Zeitung eigentlich abbestellen?

Unterbricht und schaut die Sekretärin fragend an.

Meineke:

Wegen ihrer politischen Richtung.

Finck:

Ach ja, das war's. Was hat denn die für eine Richtung?

Meineke:

Eine andere, Herr Direktor.

Finck:

Stimmt, richtig. Ich erinnere mich. Also weiter … – wegen ihrer politischen Richtung von mir … – Das finde nicht nur ich; das finden auch andere. Was finden Sie?

Meineke:

Das muß rein.

Finck:

Sehr gut, Fräulein Müller. Schreiben Sie: ... wegen ihrer politischen Richtung nicht nur von mir, sondern auch von Fräulein Müller.

Schlägt ein Bein über das andere, wobei ihre Beine mehr zur Geltung kommen.

Meineke: (geschmeichelt)
Oh, Herr Direktor.

Starrt unwillkürlich auf die Beine der Sekretärin.

Finck: (erregt)
Ach, Unsinn! Nehmen Sie Ihr Bein da weg! Das irritiert mich.

Zieht den Rock etwas herunter.

Meineke:
Verzeihung.

Finck:
Weiter: ... wegen ihrer politischen Richtung nicht nur von mir ... – Komma – ... sondern auch von angesehenen Beinen ... Nein, angesehenen Kreisen ...

Meineke:
Die Regierung geht ja sogar dagegen vor.

Finck:
Sehr richtig, das muß rein! ... ja, sogar seitens der Regierung gebrandmarkten ... – Komma – ... für mich aus diesem Grunde nicht mehr tragbaren und daher bereits am 1. Januar auf den 1. April abbestellten ...

Meineke:
Das hatten Sie schon gesagt, Herr Direktor.
Finck:
So? Wann?
Meineke:
Am Anfang.
Finck:
Hm – dann fahren Sie fort: ... von Ihnen aber weitergelieferten und bei mir während meiner ...
Meineke:
Das hatten Sie auch schon gesagt. Darf *ich* jetzt einmal etwas sagen?
Finck:
Stören Sie mich nicht. – Eine hübsche Bluse haben Sie da an – Weiter: ... vom Inhalt dankend Kenntnis nehmend ... (sieht sie wohlgefällig an)
Meineke:
Das gehört wohl nicht hierher, Herr Direktor.
Finck:
Nein – ja – aber –, was habe ich denn noch nicht gesagt : Irgendwas fehlt doch noch in dem Brief.
Meineke:
Das kommt mir auch so vor, Herr Direktor.
Finck:
Na, dann lesen Sie mal den gan-

zen Brief vor. Dann werde ich schon darauf kommen.

Er lehnt sich in den Sessel zurück, während die Sekretärin den Stenoblock zurückblättert.

Meineke: (liest)

Die von Ihnen am 15. des Monats geforderte Bezahlung Ihrer von mir bereits am 1. Januar auf den 1. April abbestellten, von Ihnen aber weitergelieferten und bei mir während meiner mehrwöchigen Abwesenheit, also ohne mein Wissen in den Briefkasten, wegen ihrer politischen Richtung nicht nur von mir, sondern auch von angesehenen Kreisen, ja sogar seitens der Regierung gebrandmarkten, für mich aus diesem Grunde nicht mehr tragbaren … (Pause)

Finck:

Ja, *was* denn? Was denn ?– *Zeitung!!* Fräulein Müller, das war's. Das Wichtigste vergessen Sie immer. Also schreiben Sie hin: Zeitung. Und der Brief ist fertig. Sie können gehen.

Meineke: (erhebt sich zögernd)

Aber, Herr Direktor …

Finck:

Was denn noch?

Meineke:

Was *wollen* Sie mit der Zeitung?

Finck:
Na, abbestellen! Was denn sonst? Das muß rein!
Meineke:
Das haben Sie aber nicht gesagt.
Finck: (erhebt sich erregt)
Muß man Ihnen denn alles sagen?! Lächerliche Kleinigkeiten!
Meineke:
Herr Direktor, jetzt muß ich Ihnen aber endlich sagen, was ich dauernd sagen wollte: Ihre Frau hat nämlich vorhin angerufen. Sie wünscht, daß Sie die Zeitung *nicht* abbestellen, weil der Roman noch nicht zu Ende ist.
Finck:
Das hat meine Frau gesagt?
Meineke:
Ja, Herr Direktor. – Was soll ich jetzt machen?
Finck:
Was Sie machen sollen? Das ist doch furchtbar einfach. Fügen Sie ein Postskriptum an: ... PS Im übrigen abbonniere ich die Zeitung weiter ... – Aber vergessen Sie das nicht! Das *muß* rein!

(Aus: »Heiter – auf verlorenem Posten.« Herbig 1977)

Werner Finck

Das neue Buch

Als der Autor des »ALTEN NARREN ...«, wie man so sagt, in Mode gekommen war (Auflage inzwischen um 200000), wollte der Verleger a) die offenbare Lücke im Büchermarkt, b) den günstigen Aufwind ausnützen und c) dem Bestseller rasch ein neues Buch folgen lassen. Das war Ende neunzehnhundertzweiundsiebzig.

Es traf sich gut, daß der Finck ohnehin an einem *neuen* Buch arbeitete.

Der Verleger: »Wann kann ich es bekommen?«

Der Autor: »Sobald es fertig ist.«

»So früh wie möglich«, der eine. »So spät wie nötig«, der andere.

Nun, dieses *neue* Buch ist auch heute, neunzehnhundertsiebenundsiebzig, noch nicht fertig. Fertig ist nur der Verleger, fix ist er ja sowieso.

Wann immer im Verlag die Sprache auf das *neue* Buch kommt, sehen sich die Eingeweihten ironisch lächelnd an: *»Das neue Buch!«*

Nach dem Jahre zweiundsiebzig kam das Jahr dreiundsiebzig.

Was nicht kam, war das versprochene *neue* Buch. Schließlich kam Ende vierundsiebzig. Nachdem das Manuskript des *neuen* Buches immer noch in den Anfängen steckte, (sehr gute Anfänge, aber eben immer nur Anfänge, mit denen der Verlag noch nichts anfangen konnte), kam der spätere Herausgeber des *neuen* Buches, Bartel Sinhuber, in meine Wohnung, um eine Haussuchung bei mir durchzuführen.

Gesucht wurden von ihm alte, noch nicht veröffentlichte Arbeiten. Er nahm etliche dicke Aktenordner mit den möglichsten und unmöglichsten Texten gefüllt mit, um die Spreu vom Weizen zu trennen. An Spreu fehlte es nicht.

Wieder ein paar Wochen später – vom Verlag aus gesehen fast schon zu spät – legte er mir das nunmehr angeblich nur noch Weizen enthaltende Machœuvre vor. Gut gemacht, aber noch kein Œuvre.

Ich wollte es mit ihm Zeile für Zeile durchgehen und nichts durchgehen lassen, aber mir fehlte die Zeit dazu.

Bartel meinte, es sei auch gar nicht nötig, denn er hätte alle Fehler beseitigt und brauche jetzt nur noch meine Zusage. OK (Fragezeichen). O.W. (Ausrufezeichen) seufzte der Autor, denn es ging ihm alles viel zu schnell.

Inzwischen war der längst fällige Termin für den Druck überfällig. Vom Verlag aus war alles bereit, man wartete lediglich noch auf den Startschuß des Autors. Er hatte ja versprochen, ihn zu geben. Für den Herbst ... Er meinte allerdings den Herbst sieben und 70, der Verlag den Herbst fünf und 70. Ende des Zitates. Und der verlegerischen Geduld.

Das Buch wurde gedruckt. Man beschwichtigte die heftigen Proteste des Autors mit den Worten: »Änderungen können ja in der nächsten Auflage nachgeholt werden.« Völlig überrumpelt blieb mir nichts anderes übrig, als mit zwei zugedrückten Augen die Herausgabe meines Stiefkindes »ZWISCHENDURCH« hinzunehmen.

Unter ähnlichen Umständen ist auch das vorliegende kleine Buch entstanden: praktisch hinter meinem Rükken. Nur daß diesmal nicht der Herausgeber kam, sondern der Verleger selbst. Auch er suchte mich auf und alles durch. Was dabei herausgekommen ist? Dies jüngste Buch mit ältesten Einfällen. Viel Altes neu serviert.

Aber vorbei ist vorbei. Strich drunter. Ich bin nicht nachtragend.

Was mich aber doch noch wurmt: daß man mir meinen Titel *»Heiter auf verlorenem Posten«* vorweggenommen hat. Denn so sollte mein *neues* Buch heißen, an dem ich – wie gesagt – gerade arbeite. Das aber, wie mein Verleger meint, nach seinen bisherigen Erfahrungen mit mir schwerlich vor neunzehnhundertundneunzig erscheinen wird. Das erscheint sogar mir zu spät. Und das will was heißen!

Denn wir haben doch alle zur Zeit nicht mehr viel Zeit. Unter wir und alle verstehe ich nicht nur den Verlag, den Herausgeber, den Autor, den Leser, sondern uns alle, die wir auf dieser Erde wohnen oder hausen. Ein Drittel wohnt, zwei Drittel hausen.

Die pessimistischen Club-of-Rome-Leute und viele Zukunftsexperten sehen voraus, daß die Menschheit das Jahr zweitausend kaum lange überleben dürfte.

Und wenn wir, wie es mehr und mehr prophezeit wird, in einem nuklearen Weltbrand untergehen, dann wird das nicht nur für uns das Ende sein, sondern auch für viele andere Lebensformen dieser Erde. Selbst die hellhörigen Wanzen werden eingehen. Aber ich will nicht eingehen auf Einzelheiten.

Den Optimisten bleibt eine Hoffnung: So präzise und wissenschaftlich untermauert die Zukunftsgelehrten ihre Vorhersage auch belegen können, sie sind Menschen, die irren (klein geschrieben) sich bekanntlich auch manchmal.

Mehr darüber in meinem *neuen* Buch – falls es fertig wird und nicht mit untergeht oder mitunter nicht geht.

(Aus: »Heiter – auf verlorenem Posten.« Herbig 1977)

Werner Finck

Ich sitze zwischen zwei Stilen

Es begann so: Ich wollte einen Sessel verkaufen. Der Sessel hat ein gefälliges Muster. Und das war das Moderne an dem Sessel. Er paßte zur Couch, und deswegen hatte ich ihn gekauft. Zu der Couch und den Sesseln gehörte ein gefälliger Teppich. Und zu allem eine moderne Wohnung.

Aber die moderne Wohnung war teuer, und es fiel mir nicht leicht, sie zu halten. Doch ehe ich die ganze Wohnung aufgab, wollte ich einen Sessel verkaufen. Damals ahnte ich noch nicht, daß es zum Wesen eines Sessels gehört, daß man ihn zwar kaufen, aber niemals verkaufen kann.

Jedermann, dem ich den Sessel anbot, sagte mir dasselbe: »Wenn Sie ein modernes Möbel kaufen und tragen es zum Laden hinaus, so ist es sofort um die Hälfte im Preis gesunken.« Ich bekam aber nicht einmal die Hälfte.

Mein Freund Rudi war unterdessen längst schon wertbeständig eingerichtet. Wenn man sich auf einen seiner Sessel setzte, brach der unter Umständen auseinander, und wenn ich fragte: »Was ist das?« Dann sagte er: »Das ist antik.« Er erklärte mir die Vorzüge des Antiken: »Wenn man ein antikes Möbel aus dem Laden hinausträgt, dann hat man den doppelten Wert in der Hand.« Das leuchtete mir ein, und ich kaufte mir von dem Erlös meiner modernen Sessel, der Couch und des Teppichs einen antiken Sessel. Damit begann es.

Der antike Sessel forderte eine antike Umgebung. Ich suchte mir eine neue Wohnung. Ich fand eine reizende. Nischen, Ecken, Vorbauten, Türmchen, Erker, sogar ein Söller war vorgesehen. Der dreihundert Jahre alte Sessel bekam neues Leben. Rudi hatte mich unterdessen mit Edith bekannt gemacht. Edith war auch antik. Und weil ich selbst keine Zeit hatte, bot sich Edith an, meine Wohnung einzurichten. Wenn ich todmüde abends nach Hause kam, standen stämmige, rauh dreinschauende Männer vor meiner Tür, manchmal zwei, manchmal sechs, je nachdem. Alle mit Kisten und unförmigen Paketen beladen. Wenn ich diese Pakete auspackte, quoll mir unverfälschtes Mittelalter entgegen. Ein Bauernschrank, ein Engelbein, fünf Kilogramm eisernes Kamingerät. Direkt Unbrauchbares war eigentlich nicht darunter.

Ich baute alles um den Sessel herum. Anzubringen wagte ich nichts, weil mir die antiken Nägel fehlten. Edith hatte mir das antike Raumgefühl voraus. Zunächst bemalte sie die Wände der leeren Wohnung. Mit sicheren Kohlestrichen entstanden Blaker, Wandleuchter, Tischchen, Baldachine und Ruhestätten.

Von nun an verbrachte ich meine Zeit im Antiquitätengeschäft. Jetzt wußte ich, woher die Männer ihre Schätze geholt hatten. Alles, was bei uns zu Hause auf dem Boden Platz gefunden hatte, stand hier, zur Kostbarkeit aufgewertet. Privilegiertes Gerümpel mit dem Heiligenschein des Jahrhunderts. Was in der Schule lästiger Zwang war, die Stillehre, stand hier zum Genusse feil. Ein Louis neben dem andern. Seize und Quatorze. Und wenn mir ein Stück besonders vermodert schien, dann sagte der Händler vermittelnd: »Aber es ist aus der Zeit!«

Es gibt in einem Antiquitätengeschäft nichts, was nicht »aus der Zeit« wäre, und wenn es aus der Jugendzeit wäre. Es ist aber aus der Zeit. Die schönste Zeit für den Antiquitätensammler ist die Renaissance. Aber auch die schwerste Zeit. Hier wiegt alles nach Zentnern. Ein Schreibtisch hat das Gewicht einer Truhe. Eine Truhe hat das Gewicht eines Ambosses. Und ein Amboß ist unbezahlbar. Wenn er aus der Zeit ist.

Endlich wurde mir ein Sarg angeboten. Ich zauderte zunächst. Was soll ich mit einem Sarg? »Sind Sie wahnsinnig«, sagte der Händler, »dieser Sarg ist aus der Zeit. Das Stück kriegen Sie nie wieder.«

»Oh, Verzeihung«, sagte ich und leistete eine Anzahlung.

»Es ist eine Kleinigkeit, diesen Sarg als antike Truhe zu benutzen«, beruhigte mich der Händler. Ich hatte nicht den Eindruck, daß er mich reinlegen wollte.

Unterdessen kam mein Geburtstag heran. Mein erster antiker Geburtstag. Eine Auswahl, wen ich einladen wollte, hatte ich nicht. Ich mußte wohl oder übel vier Experten zu mir bitten, deren Rat ich dauernd in Anspruch genommen hatte. Zwei davon waren Kunsthistoriker, einer war Knopfsammler, und der vierte arbeitete an einem Schlagwortlexikon für Stilmöbel. Außer ihnen kam Horst. Horst brachte ein Stück morsches Holz, in Seidenpapier eingewickelt, und legte es mir auf den antiken Geburtstagstisch. In seiner bescheidenen Art fügte er hinzu: »Quattrocento.« Damit war mir jede

Möglichkeit des Einspruchs von vornherein genommen, der Dank war fällig.

Edith, die danebenstand, kam mir zu Hilfe. »Ich bezweifle, daß es Quattrocento ist«, sagte sie.

»Ich auch«, unterstützte ich sie. Denn ich glaubte genau zu wissen, dieses Holz an einem der Gartenstühle von Horst entdeckt zu haben.

»Denn«, fuhr Edith fort, »diese Maserung ist das typische Kennzeichen des Cinquecento.«

Ich befinde mich zur Zeit im Dickicht des Teutoburger Waldes. Jedesmal, wenn ein Hund anschlägt, fahre ich zusammen. Jedesmal, wenn ich Schritte höre, krieche ich tiefer in die Dunkelheit meines Versteckes. Ich hoffe, daß mein Hauswirt mich nicht findet. Edith hat mir die moderne Klageschrift von ihm übermittelt, deren ich mich zu verantworten habe. Die Löcher, die ich mühsam in meine Wände geschossen habe, um sie verwittert zu machen, muß ich wieder beseitigen. Die Türrahmen, die ich mit Kienfackeln vom Schleiflack ins 14. Jahrhundert hineinrußte, müssen ersetzt werden. Außerdem sind drei Personen zu Schaden gekommen, weil ich das Seil des Fahrstuhles mit feinen Messerchen bearbeitet habe, da es mir für meine Experten nicht antik genug erschien.

Wer weiß, wie alles enden wird? Wer weiß, ob ich jemals wieder ein Möbelstück in eine Wohnung setzen kann. Vielleicht werde ich mich wieder antik einrichten. Denn Torheit schützt vor Alter nicht. Nur eines steht fest: Ich werde mich nie wieder zwischen zwei Stile setzen.

(Aus: »Alter Narr – was nun?« Herbig 1977)

Werner Finck

Glanz und Elend des Conférenciers

Es ist 19.59 Uhr. Der Fernseh-Bildschirm ist von einem magisch leuchtenden Ziffernblatt bis zum Rand ausgefüllt. Der unnatürlich helle, überdimensionale Zeiger wippt von Sekunde zu Sekunde in hektischer Präzision. Der berühmte Conférencier steht auf seinem ihm von der Technik angewiesenen Platz. Wenn der Zeiger auf die Zwölf kommt, wird es ernst. Dann werden viele Millionen ihn sehen und hören. Und er? Was wird er sehen? Zwei oder drei Techniker und Bühnenarbeiter, die ihren genau vorgeschriebenen Platz eingenommen haben, um ihre genau vorgeschriebenen Handgriffe und Bewegungen auszuführen. Wenn die Sendung läuft, so lautlos wie möglich. Denn Millionen würden es als illusionsstörend empfinden, wenn ein Arbeitsgeräusch zu hören wäre.

Der Zeiger hat den Strich erreicht, der den Anfang der Sendung automatisch auslöst. Die anmutig frisierte Ansagerin gibt, fein gerastert, bekannt, daß man jetzt ein Kabarett sehen werde.

Der berühmte Conférencier vermiest sich seine in eiligen Proben erprobte gute Laune. Dieses hübsche Bild-Mädchen redet von Kabarett, davon kann aber gar keine Rede sein. Irreführung der öffentlichen Meinung. Ein Kabarett ist ein Lokal, dies hier ist eine Montagehalle, vorzüglich dazu geeignet, am laufenden Tonband elektronisch bewegte Bildsendungen herzustellen. Die Halle ist geräumig genug, um eine feldstarke Batterie von riesigen Scheinwerfern, Gerüsten, Kabeln und Dekorationen klein erscheinen zu lassen, zu klein, um auch nur dem fünften Teil des angeschlossenen (also unfreien) Publikums Platz zu bieten.

Jetzt tastet sich – die Sendung läuft bereits! – der Assistent eines Hilfsregisseurs an den berühmten Conférencier heran und bedeutet ihm mit lebhaften Gesten, den rechten Fuß auf ein kleines Kreidekreuz zu stellen.

Diese Stellung war mit dem Kameramann von Kamera zwo ausgehandelt worden, nur so kann für ein einwandfreies Bild garantiert werden. Die Kamera zwo steht ihm gegenüber. Der stählerne Würfel, der die Kamera umschließt, zeigt sich geneigt. Aber es ist eine mathematisch berechnete Zuneigung, ohne Rührung. Kalt wie alles in diesem heißen Studio. Das Glasauge des Objektivs ist scharf auf sein Opfer gerichtet. Wie die schwarze Mündung einer Kanone. Entfernung 1,5 Meter. Die Entfernung des Publikums – aus dem Studio (laut Anordnung) – ist unendlich.

Der Abstand zwischen den Unterhaltungsproduzenten und den Unterhaltungskonsumenten ist (auch) unendlich. Man braucht von der Konsumentenseite nicht erst gebeten zu werden, man ist gezwungen »Abstand zu nehmen« von jeglichen Beifallskundgebungen. Wozu auch Beifall? Er würde ungehört verhallen, ersticken. Und dem Lachen ginge es genauso. Keimfreie Unterhaltung, gefilterte Atmosphäre, Akt ohne Wollust, Patrone ohne Pulver, Abenteuer ohne Gefahr.

Noch sieben-, noch sechsundvierzig Sekunden. Dann wird das kleine rote Licht auf dem Kameragehäuse aufleuchten, dann ist er dran.

Warum machte ihn das so nervös? Vierundvierzig Sekunden, dreiundvierzig.

Noch fünf Sekunden. – Heute hat er weder gutes noch schlechtes Publikum. Er hat überhaupt keines. Er wird also weder gut noch schlecht, sondern das, was übrigbleibt (was bleibt ihm anderes übrig); er wird nicht einmal weder – noch sein. Er wird überhaupt nicht sein. Genau sie sein Publikum. Diese amorphe Masse, die vor Millionen Fernsehapparaten sitzt und Unterhaltung anzapft. Noch nie in der Geschichte der Welt haben Künstler so viel Publikum auf einmal gehabt wie in unseren Tagen im Fernsehen. Noch nie waren sie so einsam, so verlassen. Die Millionen sind ja doch nur statistisch vorhanden. In der Theorie. Praktisch sind es immer drei, vier. Im Durchschnitt.

Er haßt den Durchschnitt! Das kommt noch dazu. Woanders wartete man jetzt noch, ob nicht noch ein paar kommen.

Die rote Lampe brennt. Seit zwei Sekunden. Der berühmte Conférencier hätte in dieser (kostbaren) Zeit schon launig plaudern müssen. Hat er nicht aufgepaßt in seiner Verwirrung? In seinem Publikummer? (ein Wortspiel, das von ihm stammt). Hat er in alter Gewohnheit abgewartet, bis der Applaus verebbt ist? Auf dem Bildschirm, der sekundenlang sprachlos war, hatte man nur ein unendlich trauriges Gesicht gesehen, mit einem Diadem aus Schweißperlen auf dem kahlen Haupt. Eine dicke Perle zieht sich langsam in die Länge und erscheint als Überflüßchen an der Wange.

Er erwachte noch rechtzeitig, bevor es zu einer Panne kam. Er lächelte verlegen. Die Kamera verzieht keine Miene. Oder lacht sie? Dann nur aus. Das Glasauge starrt ihn verglast an. Und doch nüchtern.

Da man es ihm – dem großen Conférencier – selbstverständlich überlassen hat, was er in den ihm zugeteilten einhundertachtzig Sekunden sagen wollte – zwei davon, wie gesagt, hat er bereits nichtssagend vergeudet –, sagt er nach kurzer Überlegung: Scheiße! Dann entzieht sich der berühmte Conférencier mit einer schnellen Bewegung dem Sehfeld der Kamera, verläßt das weiße Kreuz seiner Haft und setzt sich aufatmend zur Ruhe.

Gleich darauf erscheint die gepflegte Geisterschrift: Bildstörung.

Es war aber eine Geistesstörung.

Der Sendeleiter kommt gut gekleidet und aufgeregt ins Studio: »Sind Sie wahnsinnig geworden? Es war das erste und das letzte Mal, daß Sie hier konferiert haben.«

»Das will ich glauben«, sagte der berühmte Conférencier und verläßt – nicht ohne über ein Kabel zu stolpern – das Studio.

»In dieser sonst so geschlossenen Unterhaltungssendung«, schrieb der als boshaft bekannte Fernsehkritiker Dr. P.K., »fiel ein einziges Wort aus dem Rahmen, weil es natürlich war.«

PS. 1: Die Handlung dieser Geschichte ist frei erfunden. Sollten sich irgendwelche Personen oder Zustände betroffen fühlen, so ist das ein reiner Zufall.

PS. 2: Inzwischen sind die Fernsehsender dazu übergegangen, kabarettistische Sendungen mit Publikum aufzuzeichnen. Dazu werden möglichst viele Prominente eingeladen, besonders Politiker, die dann entsprechend aufgenommen werden: Von der Kamera aufs Korn, von der Bühne her auf den Arm. Und die Prominenten? Wie nehmen die es auf? Mit herzlichem Lachen natürlich. Auch die böseste Kränkung. Denn man trägt heute Humor. Und das ist das neue Dilemma des Kabaretts.

(Aus: »Alter Narr – was nun?« Herbig 1977)

Werner Finck

Sehr verjährter Herr von Goethe

Montag, der 29. August.

Geburtstag steht kurz hinter der Tür. Nachdem bis zum letzten Augenblick keine Goethe-Gesellschaft, kein Verein und überhaupt gar kein Unternehmen an mich herangetreten war wegen der Festrede anläßlich dieses Tages, habe ich zur Selbsthilfe gegriffen und eine Goethe-Feier für mich allein veranstaltet.

Ich besorgte mir ein paar Blumen, stellte sie auf ein Tischchen, holte mein altes, liebes Reclam-Büchlein »Faust«, der Tragödie erster Teil, aus der Tasche und legte es hin, stellte ein unretuschiertes Goethe-Bild dazu (das aufzufinden war das schwerste), und in die Mitte tat ich ein paar Armleuchter, ohne die es nun einmal bei keiner Feier abgeht.

Verehrter Dichter, begann ich mein Beginnen, Verehrtester des Jahres neunzehnhundertneunundvierzig, und zum Zimmer gewandt: Meine lieben Abwesenden, auch ich möchte nicht versäumen, mein Scherflein zum heutigen Tage beizutragen, obwohl ich in Verlegenheit käme, wenn ich Ihnen erklären sollte, was ein Scherflein ist. Mit Stolz – (hier stock' ich schon, ich kann das Wort so hoch unmöglich schätzen).

Verzeih, ich kann nicht hohe Worte machen, und wenn dich auch dein ganzer Kreis verwöhnt. Mit Stolz – in dieser Stunde –, Stunde muß das Stichwort gewesen sein für eine magische Überblendung, die in diesem Augenblick mit dem Bild Goethes vor sich ging, statt des Jubilars stand plötzlich Professor Möbius auf dem Tisch. Professor Möbius gab bei uns immer Deutsch und Geschichte, so, genauso sah er aus, wenn er sein Goethe-Unser sprach. Er sah mich pädagogisch an. In diesem Blick lag ein unmißverständliches: »Setzen, mangelhaft.«

Ich blickte bestürzt nach der Erscheinung, aber da war sie schon verschwunden, und der Olympier stand wieder da, wie vorher. Nur den unmißverständlichen Ausdruck in den Augen hatte er vom Professor Möbius übernommen. Am liebsten hätte ich die Feier hier abgebrochen, aber ein Maler aus jener Gruppe, die in Berlin ein surrealistisches Kabarett betreibt, war unbemerkt eingetreten und erbot sich, den Rest der Feier nach seinem Geschmack zu inszenieren.

Alsbald fingen die Armleuchter mit dröhnender Stimme an zu singen: Über allen Wipfeln ist Ruh. Aus dem Nebenzimmer kam Frau Goethe und sagte: »Eine Frau von Stein hat eben angerufen, bist du für sie zu sprechen, Hans Wolfgang?« Goethe aber bemerkte sie gar nicht, denn er war gerade in einem sehr hochinteressanten Gespräch mit einem Ingenieur aus dem letzten Weltkrieg und ließ sich von ihm über die Wirkungen des Faust II in England (Edinburgh) unterrichten. Als ihn etwas später ein westdeutscher Reporter nach seiner Meinung über Napoleon befragte, gab Goethe zur Antwort: »Solange der Usurpator den Humanismus und den Freiheitsgedanken anerkennt, kann er so viele Völker unterjochen, wie er will. Er wird doch unser Freund bleiben.« Eckermann weinte in einer Ecke.

Endlich kam die alte Schwerdtlein und sagte, es sei angerichtet. In diesem Augenblick ging eine Tür auf: An einer langen Tafel saß das Goethe-Publikum dieses Jahres. Und was hatte man ihm nicht alles aufgetischt. Das Menü eines Jahrhunderts ist an der Sonne des Jubilars aufgewärmt worden; es war ein köstlicher Schmaus.

(Aus: »Alter Narr – was nun?« Herbig 1977)

Werner Finck

Zur Grippezeit zu lesen

Einen Gruß zuvor von Bett zu Bett: Auch ich liege fest! Sollte ein anachronistischer Leser dieser Betrachtungen noch nicht ans Bett gefesselt sein, oder schon nicht mehr, so wird er Belehrung finden, allen anderen soll Trost werden.

Grippe klingt volkstümlich, Influenza hat so etwas von einem italienischen Badeort. Ich würde gar nicht weiter verwundert sein, wenn mir jemand schriebe, gestern abend bin ich in Influenza angekommen.

Begann es eigentlich bei Ihnen auch mit einem Kratzen in der Brust? Es ist gut, wenn man seine Erfahrungen miteinander austauscht. Aus diesem Grunde wird Ihnen vielleicht folgende alte Bauernregel etwas sagen, die ich mir einmal ausgedacht habe (hier spricht der Schelm!). Leider bin ich bisher noch nicht dazu gekommen, sie zu reimen.

Sie lautet also: Wenn es dich jückt, wo du nicht kratzen kannst, dann ist Gefahr im Verzuge.

Ich ließ zu einem Arzt schicken. Er kam. Es beruhigte mich sehr, daß er mich noch klar erkannte. Das soll ein gutes Zeichen sein. Dagegen verdroß mich das despektierliche Wesen meiner nächsten Ungehörigen, die absolut heiter umherstanden, statt eine bekümmerte Miene zu zeigen. Nach einer kurzen Begrüßung hieß ich den Doktor an mein Lager treten. Lager klingt in solchen Fällen besser als Bett. Ich wurde beklopft und behorcht. Man gewöhnt sich daran. Ich habe nichts zu verbergen. Zum Abhorchen benutzte er einen sinnreich konstruierten Schlauch. Er ganz Hörer. Ich ganz Sender. Er vernahm aber nichts anderes als das Pausenzeichen des Herzens. Der Empfang war ungestört. Als er nirgends etwas hörte, hörte er auf. »Ich kann nichts finden«, sagte er. »Dann geben Sie das Ding mir einmal«, wollte ich gerade erwidern, da riß er mir auch schon den Mund auf und balancierte ein mit einer abscheulich schmeckenden Watte behaftetes Stäbchen in meine Rachenhöhle. Meine Stimmung war hin. Eine tiefe Bitternis beschlich mich in der Rachenhöhle.

»Es scheint mir, Sie haben einen Äskulapsus begangen!« flüsterte ich, noch halb betäubt. Ob er deshalb beleidigt war, kann ich mit Bestimmtheit nicht sagen. Jedenfalls verschrieb er mir etwas, was ich später einnehmen mußte. Ich vernahm es und dachte an nichts Böses. Als es dann aber wirkte und immer wieder wirkte und mehr wirkte, als meine Schulweisheit sich jemals hatte träumen lassen, kam mir der Verdacht, daß er mir doch böse gewesen ist ...

Aber, heureka, das Fieber ist im Sinken, die Bakterien sind auf der Flucht. In völliger Auflösung und Unordnung. Wollen wir uns gegenseitig Besserung wünschen! Mit Bedacht vermeide ich die Bezeichnung »gute Besserung«, »denn«, so schrieb mir gestern jemand, »schlechte Besserung gibt es ja nicht.«

(Aus: »Alter Narr – was nun?« Herbig 1977)

Friedrich Torberg

Exkurs über die vielfältige Bedeutung des Wörtchens »was«

Um die vielfältigen Funktionen, die das unscheinbare Wörtchen »was« ausüben kann, wenigstens annähernd zu klären, müssen einige Anekdoten aus dem ihnen zugedachten Rahmen herausgelöst und vorweggenommen werden; hoffentlich schadet das weder ihnen noch dem Rahmen.

In der abschließend zitierten Äußerung der Tante Jolesch kommt dem »was« komparative Bedeutung zu, genauer: die Bedeutung einer zu Vergleichszwecken herangezogenen Qualität. Eine grammatikalisch korrekte (und somit unbrauchbare) Fassung des Satzes hätte etwa zu lauten: »Jedes Ausmaß männlicher Schönheit, das die Schönheit eines Affen übersteigt, ist ein Luxus.«

Mit einem andersgearteten »was« konfrontiert uns jene bildungsbeflissene junge Dame der Prager Gesellschaft, die sich stets zu ihrem Blaustrumpf-Dasein bekannte und jedem, der es hören wollte, hochnäsig zu verstehen gab, daß geistige Werte ihr höher galten als leichtfertige Abenteuer:

»Was andere Mädchen Verhältnisse haben, geh *ich* in Vorträge!«

Hier dient das »was« einem quantitativen Vergleich (keinem qualitativen wie bei der Tante Jolesch). Bezöge es sich nur auf den Zeitaufwand, so hätte zur Not auch ein bläßliches »während« ausgereicht. Aber das füllig ausgreifende »was« umschließt viel mehr, umschließt *alles, was* andere Mädchen nicht nur an Zeit, sondern an Planung, Interesse und persönlichem Einsatz für die Männerwelt aufwenden. Sie, die Sprecherin, betreibt den gleichen Aufwand für Bildungszwecke.

Zweien »was« auf einmal begegnen wir in dem nun folgenden Ausspruch, der gleichfalls in Prag entstanden und gleichfalls weiblichen Ursprungs ist. Seine Schöpferin besitzt noch aus anderen Gründen ein gewisses Recht auf Unsterblichkeit. Es handelt sich um die alte Kisch.

Die alte Kisch – heimlich auch »Eichel-As« genannt, weil sie der dick vermummten, mit überkreuzten Armen vor einem Ofen hockenden Weibsfigur glich, die auf den sogenannten »doppeldeutschen« Spielkarten den Winter symbolisiert – war die Mutter des »rasenden Reporters« Egon Erwin Kisch und war der Prototyp eines matriarchalisch herrschenden Familienoberhaupts, vor dem nicht nur die Söhne, sondern noch die entferntesten Verwandten sich angstvoll neigten.

Es gibt da eine schon oft erzählte Geschichte, die allmählich die Patina historischer Wahrheit angesetzt hat. Sie spielt in den wirren Umsturztagen nach dem Ersten Weltkrieg, als ein Trupp der damals in Wien gebildeten »Roten Garde« unter Führung von Egon Kisch ins Redaktionsgebäude der »Neuen Freien Presse« eindrang und als im Stiegenhaus Paul Kisch, Wirtschaftsredakteur der »Presse«, seinem rotgardistischen Bruder entgegentrat: »Was willst du hier, Egon?«

»Das siehst du ja. Wir besetzen eure Redaktion.«

»Wer – wir?«

»Die rote Garde.«

»Und warum wollt ihr gerade die Presse besetzen?«

»Weil sie eine Hochburg des Kapitalismus ist.«

»Mach dich nicht lächerlich und schau, daß du weiterkommst.«

»Paul, du verkennst den Ernst der Lage. Im Namen der Revolution fordere ich dich auf, den Eingang freizugeben. Sonst …!«

»Gut, Egon. Ich weiche der Gewalt. Aber eins sag ich dir: ich schreib's noch heute der Mama nach Prag.«

Verläßlichen Berichten zufolge soll Egon Erwin Kisch daraufhin das Zeichen zum Rückzug gegeben haben.

Damit dürfte die Gestalt der alten Kisch in ihrer ganzen furchtgebietenden Größe umrissen sein. Und wenn man sich jetzt noch etliche Jahre zurückversetzt, in die Jünglingszeit Egon Erwins, der damals auf den zärtlichen Rufnamen »Egonek« hörte, wird man ermessen können, mit welch bangen Gefühlen er eines späten Abends heimwärts schlich, nachdem er in einem übel beleumundeten Kaffeehaus – seines judenfreundlichen Besitzers wegen »Café zum Schabbesgoj«* geheißen – von Falschspielern hochgenommen und um seine gesamte Barschaft erleichtert worden war. Natürlich mußte er das seiner Mutter gestehen, und natürlich erwartete er ein Donnerwetter.

Die alte Kisch jedoch nahm seine Beichte gelassen auf

*»Schabbesgoj« war die im Ghetto und seiner unmittelbaren Nachfolge gebräuchliche Bezeichnung für den nichtjüdischen Helfer, der am Sabbath (»Schabbes«) in frommen jüdischen Häusern die kleineren Arbeiten und Handgriffe verrichtete, die den Juden aus religiösen Gründen (Sabbathruhe) verboten waren.

und begegnete ihr mit jenem »was«-trächtigen Ausspruch, auf den wir eigentlich hinsteuern wollten; sie sagte:

»Was setzt du dich hin Karten spielen mit Leuten, was sich hinsetzen Karten spielen mit dir?«

Um das zweite »was« brauchen wir uns nicht weiter zu kümmern; es ist ein verschlampter Relativanschluß, wie er – ähnlich dem schon erwähnten »am« (statt »auf dem«) – von vielen deutschen Dialekten anstelle des bestimmten Artikels praktiziert wird.

Uns interessiert das erste »was«. Es hat mit dem »was« der Tante Jolesch und dem des Prager Blaustrumpfs nichts zu tun, dient keinem Vergleich und keiner Antithese, sondern steht für »warum« oder »wozu«, und zwar mit einem unüberhörbar kritischen, ja verächtlichen Unterton: »Was fällt dir ein?« oder »Was soll das?«

Im übrigen schlägt der Ausspruch der alten Kisch, so originell er formuliert ist, in eine keineswegs originelle Kerbe (und läßt sich eben darum in vielen Situationen anwenden).

So wird vom Fürsten Metternich berichtet, daß er den jüdischen Bankier Eskeles wieder einmal um eine größere Staatsanleihe anging und ihm beim Abschied als besonderen Huldbeweis eine vertrauliche Mitteilung machte:

»Ich wollte Ihm noch etwas sagen, Eskeles. Man berichtet mir, daß Sein Sohn Jakob sich in liederlicher Gesellschaft herumtreibt, mit Diversanten und allerlei umstürzlerischem Gesindel. Seh Er doch zu, daß das aufhört. Er versteht mich, nicht wahr? Und morgen bringt Er mir also das Geld.«

Der Bankier Eskeles hielt im devoten Rückwärtsschreiten inne:

»Das muß ich mir noch einmal überlegen, hochfürstliche Gnaden.«

»Wie? Warum?« Metternich runzelte die Brauen. »*Was* muß Er sich überlegen?«

»Ob ich einem Staat, der vor meinem Kobi Angst hat, Geld borgen soll ...«

In jüngerer Zeit war es Anton Kuh, der den Ausspruch der alten Kisch zu praktischer Anwendung brachte. Im Februar 1938, nach der Rückkehr des österreichischen Bundeskanzlers Schuschnigg von seinem verhängnisvollen Besuch bei Hitler, hatte Kuh im Freundeskreis einen Plan entworfen, wie Österreich dem drohenden Zugriff der Nazi vielleicht doch noch entgehen könnte. Auf irgendwelchen Wegen bekam der österreichische Unterrichtsminister Pernter Wind davon und bat Anton Kuh, ihn mit diesem Plan vertraut zu machen. Kuh tat es, ging nach Hause, packte seine Koffer und verließ Österreich noch am selben Tag. Wie er später freimütig zugab, war ihm die alte Kisch eingefallen. Zu einer Regierung, die sich mit ihm, Anton Kuh, hinsetzte, hatte er kein Vertrauen mehr.

(Aus: »Die Tante Jolesch.« Langen Müller 1977)

Friedrich Torberg

Der Komplex tanzt

Aus dem Drehbuch eines drohenden Hollywood-Films über Sigmund Freud (1962)

Einstellung Nr. 62
Hörsaal der Wiener Universität. Innen. Tag.

Totale des mäßig gefüllten Hörsaals. Stimme des dozierenden Professors. Unverständlicher Text. Kamera fährt vom Katheder aus durch die Bankreihen und hält auf dem eifrig mitschreibenden Studenten Sigmund Freud, dem plötzlich der Bleistift abbricht. Der daneben lümmelnde, am Vortrag sichtlich nicht interessierte Student nickt schadenfroh.

STUDENT Pech!

FREUD Pech? Es gibt kein Pech.

STUDENT Also Zufall.

FREUD Es gibt keinen Zufall. Alles hat seinen Grund. Wir wissen ihn nur nicht. Warum, zum Beispiel, ist mir der Bleistift abgebrochen?

STUDENT Weiß ich nicht.

FREUD *(triumphierend)* Da haben Sie's! Und warum gerade mir? Und warum gerade jetzt? Und warum gerade der Bleistift?

STUDENT Weiß ich nicht, weiß ich nicht, weiß ich nicht.

FREUD Sie sträuben sich vergebens gegen die Erkenntnisse der modernen Seelenforschung. In wenigen Jahren –

STIMME DES PROFESSORS Ruhe dort hinten!

FREUD *(leiser)* Sehen Sie. Der Mann verdrängt eine anale Hemmung. Warum sagt er: Ruhe dort hinten? Warum sagt er nicht: Ruhe dort vorn?

STUDENT Weil wir hinten sitzen.

FREUD Und das halten Sie für einen Zufall? Ich halte es für symbolisch. Aber in wenigen Jahren –

STUDENT Schon gut, schon gut.

(Freud zuckt die Achseln, will weiterschreiben. Kamera schwenkt scharf auf den Bleistiftstummel in seiner Hand.)

FREUD Haben Sie einen Bleistift?

STUDENT Nein.

FREUD Aha. Kastrationskomplex.

(Überblenden)

Einstellung Nr. 63
Ringstraße. Außen. Tag.

(Freud auf dem Heimweg. Kamera fährt mit und fängt die Gesichter einiger Passanten auf, die sich ehrerbietig nach ihm umwenden und bedeutsam miteinander tuscheln. Durch Kontrastschnitte wird dem Zuschauer klar, daß sich das nur in der Einbildung Freuds abspielt. In Wahrheit kümmert sich niemand um ihn. Einblendung der Einbildung. Nach einer Weile hält die Kamera auf einem Ladenschild mit der Aufschrift ÖSTERREICHISCHE TABAKREGIE. *Freud betritt den Laden. Halbtotale vom Eingang.)*

(Straßengeräusche. Achtung, technischer Beirat: keine Auto-

hupen! Wir schreiben etwa 1890, und in Wien herrschte damals auf Anordnung des kaiserlichen Hofes strenges Hupverbot.)

FREUD Bitte ein Trabucco mit Spitz.

TRAFIKANTIN Ein Trabuccerl mit Spitzerl, jawohl, biddesehr, Herr Dokter.

(Die Trafikantin, eine typisch wienerische mollige Wienerin, öffnet eine Zigarrenschachtel und befühlt die einzelnen Stücke.)

FREUD *(halbnah)* Woran denken Sie jetzt?

TRAFIKANTIN *(nah)* Daß ich dem Herrn Dokter ein schönes Trabuccerl aussuchen möcht.

FREUD *(noch näher)* Das glauben Sie nur.

TRAFIKANTIN *(hält ihm die Zigarre hin)* Wieso? Stimmt's vielleicht net? Is das vielleicht kein schönes Zigarrl?

FREUD *(groß)* So habe ich's nicht gemeint.

TRAFIKANTIN *(dick)* Ah, Sie meinen schon wieder was andres? Herr Dokter, wann S' mit die Schweinereien net aufhören, hol ich meinen Mann!

FREUD Also doch.

TRAFIKANTIN Was: also doch? Geben S' eine Ruh.

FREUD Gute Frau, Sie sträuben sich vergebens –

TRAFIKANTIN In Ruh lassen!

FREUD – gegen die Erkenntnisse der modernen Seelenforschung. In wenigen Jahren –

(Freud entfernt sich in Gedanken. Die Trafikantin ruft verärgert hinter ihm her, dann geht ein wohlwollendes, typisch wienerisches molliges Lächeln über ihr Gesicht.)

TRAFIKANTIN Haltaus! Macht zwei Kreuzer ... No ja. Verliebt is er halt.

(Kamera schwenkt abermals auf das Ladenschild. Es zeigt

jetzt die Aufschrift ÖSTERREICHISCHE TABUREGIE.)

(Schnitt)

Einstellung Nr. 64
Wohnzimmer bei Familie B. Innen. Tag.

(Mädchenzimmer der jungen Tochter. Demzufolge Jugendstil. Kamera panoramiert durch den Raum.)

FRAUENSTIMME *(von draußen)* Annaliese! Annaliese!
(Jetzt ist die Kamera bei der Tür angelangt, wo die Tochter gelauscht hat. Sie zuckt nervös zusammen. Die Tochter.)

FRAUENSTIMME *(wie zuvor)* Hörst du nicht?

TOCHTER *(öffnet spaltbreit die Türe)* Ich heiße Martha.

FRAU B. *(zwängt sich in den Spalt)* Gewiß, mein Kind. Das ist allgemein bekannt. Aber die Nachkommen haben protestiert.

TOCHTER Sollen sie nur. Es wird ihnen nichts nützen. Er ist ein Genie, dem man mit Protesten nicht beikommen kann. In wenigen Jahren –

FRAU B. Fängst du auch schon an? Mein Gott, wo soll das noch hinführen …

(Überblenden)

Einstellung Nr. 65
Unterbewußtsein bei Freud. Innen. Nacht.

(Freuds Schlafzimmer. Kamera fährt von der Türe zum Bett. Freud halbnah im Halbschlaf. Wirft sich unruhig hin und her, spricht mit zwei verschiedenen Stimmen, die jedoch

keineswegs eine beginnende Schizophrenie andeuten sollen, sondern seinem Über-Ich und seinem Unter-Ich gehören.)

STIMME DES UNTER-ICH In wenigen Jahren ... in wenigen Jahren ...

STIMME DES ÜBER-ICH Gar so wenige?

STIMME DES UNTER-ICH Also gut, in vielen ...

STIMME DES ÜBER-ICH Gut? Du glaubst, dann wird es gut sein? Willst du sehen, wie es sein wird? Willst du sehen, was sie in Amerika mit dir treiben werden? Willst du den Film sehen, den sie über dich drehen werden? *(Kamera schwenkt. Freud schwankt. Wenn er wieder ins Bild kommt, hat er sich in den Gelehrtenkopf verwandelt, wie wir ihn alle kennen, und führt gerade eine Ordination durch, wie wir sie alle nicht kennen. Der Patient steht vor ihm. Das Ganze ein wenig traumhaft.)*

FREUD Wer sind Sie?

PATIENT Einer Ihrer berühmtesten Patienten. Ich könnte fast sagen: einer Ihrer berühmtesten Erfindungen.

FREUD Sie sprechen in Rätseln.

PATIENT Eben.

FREUD Und was führt Sie zu mir?

PATIENT Mein Vertrauen. Heute sind Sie noch nicht recht flügge, und Ihre Lehre ist noch jung, aber eines Tages werden Sie wie ein Adler –

FREUD Lassen wir das. Kommen wir zur Sache.

PATIENT Darf ich Platz nehmen?

FREUD Selbstverständlich.

PATIENT *(legt sich auf die Couch)* Herr Professor, ich muß Ihnen einen merkwürdigen Traum erzählen. Ich will mit meiner Mutter Kahn fahren, merke aber, daß ich kein Ruder habe. Plötzlich kommt mein Vater, und der *hat* ein Ruder. Ich entreiße es ihm und rudere mit meiner Mutter davon. Was bedeutet das?

FREUD Ganz einfach. Sie wollen mit Ihrer Frau Mama … *(seine Stimme senkt sich zu einem kaum hörbaren Flüstern, aus dem nur einzelne Worte deutlicher zu vernehmen sind)*

… merken aber, daß Sie kein … und deshalb … denn eigentlich … weil Sie Ihren Vater hassen … und daraufhin … mit Ihrer Mutter.

(Während der letzten Worte blendet das Bild ins Schlafzimmer zurück, wo Freud sich noch unruhiger hin- und herwirft.)

STIMME DES UNTER-ICH Entsetzlich … entsetzlich …

STIMME DES ÜBER-ICH So wird es sein.

STIMME DES UNTER-ICH In Amerika?

STIMME DES ÜBER-ICH Nicht nur in Amerika.

STIMME DES UNTER-ICH Im Film?

STIMME DES ÜBER-ICH Nicht nur im Film.

STIMME DES UNTER-ICH Kann man da gar nichts machen?

STIMME DES ÜBER-ICH Höchstens eine Rückprojektion.

STIMME DES UNTER-ICH Projektion ist von mir. Aber was ist Rück?

STIMME DES ÜBER-ICH Ein Playback.

(Das Bild überblendet wieder in die Ordination. Freud und der Patient haben ihre Plätze getauscht. Der Patient spricht jetzt im gleichen Flüsterton wie vorhin Freud.)

… einen merkwürdigen Traum … will mit meiner Mutter … merke aber, daß ich kein … und deshalb … dann eigentlich … weil ich meinen Vater hasse … und daraufhin … mit meiner Mutter. Was bedeutet das?

FREUD Ganz einfach. Sie wollen mit Ihrer Frau Mama Kahn fahren.

PATIENT *(erhebt sich)* Vielen Dank, Herr Professor. Das habe ich mir gleich gedacht.
FREUD Nichts zu danken. Wie ist der werte Name?
PATIENT Oedipus.

(Schnitt)

Einstellung Nr. 66

Da diese Einstellung von der Ziffer 6 beherrscht wird (bekanntlich ein Symbol für Sex), sind Zensurschwierigkeiten zu befürchten. Die Einstellung entfällt.

(Wischblende)

Einstellung Nr. 67
Innerer Burghof. Außen. Tag.

(Freud begleitet Fräulein B. auf einem Spaziergang. Kamera begleitet beide. Früulein B. bleibt stehen und richtet etwas an ihrem Schuhwerk.)

FREUD Drückt dich der Schuh?
FRÄULEIN B. Nein. Der Steckel.
FREUD Mich auch. Aber das macht nichts. In wenigen Jahren –
FRÄULEIN B. Ich weiß, Sigi, ich weiß. Du mußt es nicht bei jeder Gelegenheit –
FREUD *(faßt sie aufgeregt am Arm)* Schau!
(Kamera schwenkt auf die soeben angetretene Burgwache, die von einem Zugsführer mit aufgezwirbeltem Schnurrbart kommandiert wird. Der Burghof füllt sich mit

Stutzern, Wäschermädeln und dem aus einem Fenster gütig herablächelnden Kaiser Franz Joseph.)

ZUGSFÜHRER Prrräsentiert – das – Gewehr!!

(Halbtotale von unten gegen die aufragenden Gewehrläufe. Die Wache steht stramm.)

ZUGSFÜHRER Rrreagiert – ab!!

(Die Burgmusik hat schmetternd eingesetzt. Radetzky- und Deutschmeistermarsch gehen allmählich in die Melodie des Duetts zwischen Freud und Fräulein B. über.)

FREUD Mein Herz schwärmt nur für Annaliese. Ich liebe keine so wie diese.

FRÄULEIN B. Und hast du mich erst heimgeführt,
bleib ich auf dich oral fixiert.

FREUD Es blühn in unsrem Liebesreiche Narzissus- und Neurosensträuche.

BEIDE Und das Trauma hält Wacht.
Und Libido lacht.
Und flüstert: jetzt wird sublimiert!

(Sie mischen sich tanzend unter das gleichfalls tanzende Volk, das jetzt den inneren und äußeren Burghof füllt. Der ganze Komplex tanzt.)

Rasch abblenden

(Aus: »Pamphlete, Parodien, Post Scripta.« Langen Müller 1976)

»Atze« Brauner

Die Kuh meiner Träume

Sie stand auf einer Wiese an den Ufern der Weichsel. Sie war rotbunt, was in dieser Gegend ungewöhnlich war. Auf der Stirn hatte sie einen schwarzen Fleck. Sie war lange nicht gemolken worden. Das schwere Euter bereitete ihr Schmerzen, und ihr klagendes Muh hatte etwas Ergreifendes. Am Horizont glühte es rot vom Feuerschein brennender Dörfer. Das dumpfe Grummeln der unweit liegenden Front schwang in der Luft.

Ich lag in einem Erlengebüsch, starrte auf die Kuh und dachte an Rindsgulasch, an Rinderfilet und an Rindsrouladen. Seit meiner Flucht vor drei Tagen hatte ich nichts mehr gegessen. Ich war so erschöpft, daß mir selbst bei dem Gedanken an Rinderzunge in Rotwein, mein Leibgericht, das Wasser nicht mehr im Munde zusammenlief.

Gegen Abend verließ ich das Gebüsch und kroch auf die Kuh zu. »Ich will dir nichts tun«, sagte ich, als ich nahe genug heran war, »ich will nur ein bißchen Milch. Bitte, bleib stehen.«

Die Kuh drehte sich um und schaute mich an. Zum erstenmal in meinem Leben sah ich, was für schöne Augen sie haben, die Kühe. Sanfte, melancholische, wissende Augen, beschattet von langen Wimpern.

»Bleib stehen, bitte«, wiederholte ich. Sie blieb stehen und ließ es zu, daß ich mich langsam unter sie schob, mich aufrichtete und eine ihrer Zitzen in den Mund nahm. Ich saugte daran wie ein Säugling an der Mutterbrust, und wenn Säuglinge ein ähnliches göttliches Behagen dabei verspüren, dann möchte ich bald wieder einer sein.

Ich trank und trank und trank und schlief ein, und als ich erwachte, war ich soweit gekräftigt, daß ich eine Blechbüchse nehmen und die Kuh melken konnte. Ich blieb vier Tage mit ihr zusammen, trank Milch und unterhielt mich mit ihr. Ich bat sie um Verzeihung, daß ich bei ihrem Anblick an Rindsgulasch, Rinderfilet und Rindsrouladen gedacht hatte. Sie machte Muh und leckte mir die Hand, die Kuh meiner Träume. Sie hatte mir das Leben gerettet …

(Aus: »Mich gibt's nur einmal.« Herbig 1976)

Hans Lipinsky-Gottersdorf

Timofej

Als ich entdeckte, daß die Mädchen überall hübsche Rundungen haben, wo bei mir alles eckig und flach war, arbeitete ich bei einem Bauern und war sechzehn Jahre alt. Damals erzählte mir die alte Beate diese Geschichte. Wir bereiteten gemeinsam das Schweinefutter; es roch nach heißen Kartoffeln und saurer Milch.

»Gib mir den Eimer«, sagte die alte Beate und füllte ihn mit gestampften Kartoffeln. »Ich weiß«, sagte sie, »daß du deine Augen gehen läßt, wohin sie nicht sollen. Dagegen hilft nichts. Aber ich sage dir, warte noch ein Weilchen, denn das Leben ist lang, und später mache es nicht wie Timofej, von dem ich dir erzählen werde, und der heute tot ist und vergessen, obwohl er beinahe ein Herr geworden wäre.«

Sie warf zwei Hände voll Gerstenschrot in den Eimer und rührte kräftig.

»Timofej Srbk«, sagte sie, »arbeitete als Kutscher bei Sascha Kowollik, dem Händler, der ein reicher Mann war, in einem Marderpelz über Land fuhr und sogar an den Wochentagen Sauerkraut mit Taubenbraten auf dem Tisch hatte. Alle Bauern bückten sich tief, wenn Sascha Kowollik vorüberfuhr, und wenn er krank wurde, betete die Gemeinde für sein Wohlergehen. Ich erzähle das, damit du weißt, mit wem Timofej es zu tun hatte.

In den ersten Jahren war Timofej ein Knecht wie alle Knechte. Er hörte schwer, und Sascha Kowollik mußte seine Stimme mächtig laut erschallen lassen, wenn er ihn zur Arbeit rief. Man kannte diese Stimme überall im Dorf, und ein jeder hatte Achtung vor ihr; nur der junge Schullehrer, der ein gottloser Mensch war und aus Breslau stammte, hatte keine Achtung, weil sie ihn störte. Wenn er Sätze aufschreiben mußte, an denen die Kinder die deutsche Sprache lernen sollten, so schrieb er: ›Kowollik ryczy na podworzu‹, und die Kinder lachten. Und dann schrieb er auf deutsch darunter: ›Kowollik schreit auf dem Hofe‹, und die Kinder lachten noch mehr und erzählten es nachmittags ihren Eltern, die auch lachten, aber nur ein klein wenig, weil Sascha Kowollik doch ein mächtiger Mann war. Dies alles hat mit Timofej noch nichts zu tun, ich erzähle es dir, damit du lernst, wohin die Gottlosigkeit führen kann.

Als die Jahre hingingen, wurden Timofejs Ohren besser; er hörte zuletzt sogar mehr als andere Menschen. Wenn er am Morgen die Milch auf den Bahnhof fuhr, lauschte er den Wagenrädern. Sie ächzten immer Hee-Hee, und er vernahm, was die Pferdehufe sagten, wenn sie auf das Pflaster fielen. Luschka-Luschka, sagten die Pferdehufe. – »Gib mir die Milch«, sagte die alte Beate, und ich gab ihr die Milch; sie goß ein wenig davon in den Eimer und rührte weiter.

»Heluschka war ein schönes Mädchen«, sagte sie zu mir, »du mußt nicht glauben, daß sie deiner Janina glich. Janina ist eine schmutzige Magd mit Hühneraugen an allen Zehen, aber Heluschka war ein Fräulein und die Tochter des großen Kowollik. Du mußt auch nicht etwa meinen, Timofej sei so einer gewesen wie du; nein! er war ganz anders. Es gab keine von uns, die nicht in ihn verliebt gewesen wäre; er hätte jede Nacht bei einer anderen schlafen können, keine hätte es ihm verwehrt, aber er liebte nur Heluschka und sah uns nicht einmal an. Er wurde blaß und mager, seine Wangen bekamen traurige Falten, manchmal blieb er mitten auf seinem Wege stehen und seufzte laut. Wenn wir des Morgens die Milchkannen an die Straße stellten und ihn kommen sahen, warteten wir ein Weilchen, und wenn er die Milchkannen auf den Wagen warf, warteten wir noch ein Weilchen.

›Timofej‹, sagten wir, ›es wird dir alles nichts helfen, Timofej, weil Heluschka ein Fräulein ist, und du bist ein Knecht. Komm zu uns, Timofej, ein Schweinchen wollen wir miteinander schlachten ...‹

Aber Timofej ballte die Fäuste und knirschte mit den Zähnen und schwor, wenn Heluschka ein Fräulein sei, so wolle er ein Herr werden. An diesem Tage sahen wir ihn hinter der Scheune mit dem Händler reden, ein wenig später hörten alle Leute im Dorf die Stimme des großen Kowollik lauter denn je, und der junge gottlose Schullehrer streckte den Kopf aus dem Fenster und schrie nach den Gendarmen. – Bringe diesen Eimer der Staro«, sagte die alte Beate, und ich brachte ihn gehorsam der trächtigen Sau.

»Du erzählst mir viel von Timofej und dem Händler«, sagte ich, als ich zurückkam, »warum sprichst du nicht von dem Fräulein? Das Fräulein ist es, von dem ich hören möchte. Liebte Heluschka den Timofej auch?«

»Ich spreche nicht von ihr; denn wie soll ich wissen, was sie dachte. Vielleicht liebte sie ihn eine Zeitlang; wir sahen sie oft vor dem Tore stehen und hinüberschauen zu Timofej, der an der Straße die Äpfel pflückte. Alle Apfelbäume in der Gegend hatte er gepachtet, und der junge gottlose Schullehrer hatte ihm das Geld dazu besorgt, um den großen Kowollik zu ärgern. Damals wurde Timofej noch magerer. Er wohnte bald hier, bald dort in den Feldscheunen; er lebte von den Äpfeln, die zu faulig zum Verkaufen waren, und der Schullehrer erzählte den Kindern die Geschichte vom dienenden Jakob, wofür Sascha Kowollik eine Eingabe an die Regierung machte. Timofej dagegen machte keine Eingaben, er arbeitete, dürr wie ein Zaunpfahl schleppte er Apfelkörbe in die Stadt, und im Frühjahr holte er sich aus Rußland ein Pferdchen. – Dies tat Timofej, der ein Knecht war«, sagte die alte Beate stolz, und ich mußte abermals Kartoffeln in ihren Eimer schütten.

»Hole jetzt Luzerne vom Hof«, sagte sie, »und wirf sie den Läufern hin, damit sie nicht so schreien und ich dir erzählen kann, was geschah, als Timofej auch noch die Pflaumenbäume gepachtet hatte.«

Die Läufer schrien wirklich sehr arg. Ich beeilte mich und warf ihnen einen Arm voll Grünfutter in den Koben. Sie fuhren wie die Teufel darauf los, und ich ging, zu hören, was weiter sich mit Timofej begeben hatte.

»Heluschka«, sagte die alte Beate und streute ein wenig Fischmehl in den Eimer, denn sie mischte jetzt das Futter für die Mastschweine. »Heluschka war ein außerordentlich schönes Fräulein, und wir sahen sie umhergehen, stolz erhobenen Hauptes, weil doch alles geschah um ihretwillen, und Timofej sah sie auch umhergehen, aber er drehte sich nicht um, denn er wollte erst ein Herr werden und fuhr mit seinem Pferdchen viele Pflaumenkörbe in die Stadt. Er war auch wieder dicker geworden, und sein Gesicht glänzte, denn als die Pflaumenbäume leer waren, reiften die Birnen, und das russische Pferdchen kam nicht zur Ruhe.

Zu dieser Zeit sangen aber die Kinder in der Schule bei offenen Fenstern das Lied von den zwei Königskindern, die nicht konnten zusammenkommen, und der große Kowollik stand in seinem Marderpelz den ganzen Tag hinter dem Schulhof auf den Wiesen und schmiß mit Steinen nach den Enten des jungen Schullehrers. Doch Timofej kümmerte sich nicht um den großen Kowollik und nicht um den gottlosen Schullehrer. Als der zweite Sommer um war, kaufte er sich eine goldene Uhr und fragte auf dem Amt, wie hoch die Pacht für die Kirschen wäre. – »Dies tat Timofej«, sagte die alte Beate, »aber wir hatten Angst um ihn und waren traurig.«

»Warum waret ihr traurig, wo doch Timofej nun bald ein Herr war?« fragte ich, und die alte Beate sah mich an und wackelte mit dem Kopf.

»Auch ein Fräulein ist wie wir«, sagte sie, »und wenn die Zeit hingeht, so wird sie lang, und man schaut hier und dort, ob man jemanden finde, der sie verkürze. – Aber bringe zuerst den Fetten diesen Eimer und sorge, daß du sie nicht aufregst, sonst werden wir gescholten.«

Ich brachte den Eimer in den Maststall und kehrte eilends zurück, denn ich wollte wissen, nach wem Heluschka geschaut hatte.

»Die Regierung war schuld«, sagte die alte Beate, »die Regierung wohnt in Breslau, und ein jeder weiß, was das für eine Stadt ist. Der Schullehrer hatte an die Regierung geschrieben, daß die Kinder im Frühjahr hinter der Schule auf die Wiesen gingen, und im Sommer, wenn das Gras wuchs, und im Winter, wenn es kalt war, auf den Misthaufen. Die Regierung wollte das nicht erlauben, und sie schickte einen Mann, der *Arge Tekta* hieß und ein Häuschen bauen sollte, mit zwei Türen und verschiedenen Röhren dahinter, damit die Kinder dorthin gehen konnten. Der Mann mit dem fremdartigen Namen kam auch aus Breslau: er wohnte im Gasthaus und ging viel spazieren, und Heluschka lachte freundlich, wenn sie ihn ansah, denn der Mann war jung und stramm. Timofej hatte indessen mit seinen Kirschen zu tun, und der große Kowollik sah nichts als das Schulhaus und hörte auf nichts als auf die Lieder der Kinder. Damals sangen die Kinder in der Klasse ›Wohlan, die Zeit ist kommen‹, und wir schüttelten alle die Köpfe und wunderten uns darüber.«

»Ich wundere mich auch darüber«, sagte ich.

»Weil du den Schullehrer nicht kanntest«, sagte die alte Beate und reinigte den Eimer mit einem Strohwisch. »Timofej pflückte gerade mit zwei Knechten Kirschen an der großen Straße, die nach Kreuzburg führt, und der Schullehrer ging zu ihm und erzählte ihm von dem Häuschen bauenden Mann und von der lachenden Heluschka. Timofej wurde ganz blaß, wie damals, als er beschloß, ein Herr zu werden, und er lief geradenwegs ins Gasthaus und schlug den Häuschenbauer zweimal auf den Kopf, so daß er umfiel und blutete. Dann lief er zu dem Hof des großen Kowollik, aber der hatte das Lied der Kinder gehört und alle seine Hunde losgelassen, und seine Knechte standen vor dem Tor und ließen Timofej nicht hinein.

›Wenn du auch ein Herr bist‹, sagten die Knechte, ›hinein darfst du doch nicht.‹

Und Timofej setzte sich an den Straßengraben und wartete. Einmal, dachte er, muß sie doch herauskommen. Aber nicht Heluschka kam, sondern die preußischen Gendarmen, und sie gaben ihm sechs Monate wegen Körperverletzung. Dies«, sagte die alte Beate, »geschah den Timofej! Und er hatte in der ganzen Zeit bei keiner geschlafen, auch nicht bei Heluschka, und wir waren alle sehr traurig darüber. Nur Sascha Kowollik lachte, und alle Bauern durften drei Tage lang im Gasthaus trinken, soviel sie wollten, denn er war ein reicher Mann.«

»Die arme Heluschka«, sagte ich betrübt, »sie war ein Fräulein, und nun hatte sie niemanden mehr.«

»Sie weinte viel«, sagte die alte Beate und wischte sich mit dem Schürzenzipfel die Augen. »Denn ein anderer hatte das Häuschen fertig gebaut, und von dem, den Timofej auf den Kopf geschlagen hatte, war ihr nur das geblieben, was unter ihrer Schürze wuchs. Aber der Schullehrer kaufte sich eine Ziehharmonika und spielte des Abends traurige Lieder; so wurde sie wieder fröhlich. Man sah später den Schullehrer und den großen Kowollik zusammenstehen. Sie redeten über Heluschkas Mitgift, und der Händler machte ein saures Gesicht, denn der Schullehrer war nicht bescheiden. Ich erzähle dir das, damit du siehst, wie auf Erden die Gottlosigkeit siegen kann.«

»Ich habe alles verstanden«, sagte ich, »und ich werde niemals ein Fräulein lieben. Was aber wurde aus Timofej?«

»Er ist in den Chinesischen Krieg gezogen und verrichtete große Heldentaten«, sagte die alte Beate und seufzte. »Wir haben nie mehr etwas von ihm gehört. –

Nun nimm den Strauchbesen und mache die Tröge sauber, denn auch das Schwein hat eine Seele, und es träumt schwer, wenn ihm der Gestank von Resten in die Nase steigt.«

Ich habe die Tröge gesäubert und bin dann auf den Boden gestiegen, wo die hühneräugige Janina das Heu für die Pferde band, und wir haben lange Hand in Hand nebeneinandergesessen und zugehört, wie die alte Beate unten neue Kartoffeln in den Dämpfer füllte und dabei mit heiserer Stimme ein Liedchen aus jenem vergessenen Kriege sang, ein Liedchen, das sie vielleicht an Timofej erinnern sollte:

Z Port Artura
Jede fura
Sedi na ni Kamikura.
A hoed varzili caj, caj, caj,
Cokaladu, cernou kavu,
A hoed varzili caj, caj, caj,
Cokaladu, rum …

(Aus: »Pferdehandel.« Herbig 1975)

Karl Rauch

Anekdoten

Die »fractura acida« (der sauer Bruch), wie er zuweilen von seinen Studenten genannt wurde, war als Examinator im Staatsexamen sehr gefürchtet. Beck berichtet:

Wir versuchten mit allen Mitteln, ihn zu umgehen und von einem seiner Mitarbeiter geprüft zu werden. Sauerbruch war unberechenbar und konnte einem – je nachdem, wie er aufgelegt war – die schwierigsten und auch wieder die leichtesten und unwahrscheinlichsten Fragen vorlegen.

Einmal standen vier Kandidaten im Cutaway, wie es damals nach dem Ersten Weltkrieg die feierliche Handlung einer Prüfung erforderte, im Operationssaal und erwarteten klopfenden Herzens ihren strengen Richter. Sauerbruch erschien in weißer Hose mit weißem Pullover und mit seinem Schäferhund. Er war damals einer der wenigen Professoren, die bewiesen, daß sich Eleganz und Geistesgröße gegenseitig nicht unbedingt ausschließen. »Guten Morgen, meine Herren«, begrüßte er seine Opfer, »was ist das?« und deutet auf seinen Hund. »Ein Hund, Herr Geheimrat«, antwortete der gefragte Kandidat, den Sauerbruch bei seinem Jackettknopf gefaßt hielt. Hierauf packte er den zweiten Kandidaten beim Knopf und fragte: »Und was sehen Sie an dem Hund?« Der zweite Kandidat sah nichts. Der dritte genausowenig und der vierte auch. Keiner konnte antworten. Darauf Sauerbruch: »Der Hund wedelt mit dem Schwanz.« Und die nächste Frage: »Warum wedelt der Hund mit dem Schwanz?« Abermals faßte Sauerbruch die Kandidaten der Reihe nach an den Knöpfen. Und wieder keine Antwort. Dann Sauerbruch: »Meine Herren, der Hund will Ihnen auf diese Weise zu Ihrem bestandenen Doktorexamen gratulieren, guten Morgen!« Und schon war er weg. Der Hund auch.

Sauerbruch war dafür bekannt, daß er zur Charakterisierung der Schwächen seiner Mitmenschen nie ein Blatt vor den Mund nahm. Einmal hatte er einen Studenten zum zweiten Male vom Examen zurückweisen lassen, weil dieser vielfältige persönliche Interessen bekundete, nur nicht das geringste für sein Studium. Der Student spie Gift und Galle und verkündete in hitziger Wut seinen Kommilitonen, daß er bei allererster Gelegenheit diesem Scheusal von Professor einen Stich mitten ins Herz versetzen und ihn auf die Art umbringen werde. Natürlich fand sich rasch einer, der Sauberbruch diese abscheuliche Drohung zutrug, aber der große Chirurg antwortete in aller Gelassenheit: »Ach, da besteht nun wahrhaftig nicht die geringste Gefahr! Der hat ja keinen Schimmer davon, in welcher Gegend das Herz zu suchen ist.«

Und wieder einmal sollte ein Kandidat bei der Prüfung durchfallen – ein Kriegsteilnehmer aus dem Ersten Weltkriege. Der arme Teufel sagte: »Herr Geheimrat, bis jetzt bin ich überall durchgekommen. Wenn Sie mich durchfallen lassen, kann ich aus Geldmangel nicht mehr weiterstudieren.« Da zog Sauberbruch sein Scheckbuch aus der Tasche, schrieb einen Scheck über tausend Mark aus und sagte kühl: »Durchlassen kann ich Sie nicht, aber damit können Sie weiterstudieren.«

Ein andermal, als wieder eine Gruppe zum Examen erschien, mußte Sauerbruch dringend wegfahren. Er nahm vier Prüflinge mit in seinen Wagen und examinierte sie während der Fahrt mit großer Gründlichkeit. Mitten auf der Landstraße nach Starnberg ließ er seinen Chauffeur halten und sagte zu dem einen Kandidaten: »Tut mir leid, Herr Kollege. Sie sind durchgefallen. Steigen Sie aus!« Der nächste wurde bei Weilheim abgesetzt und der dritte am Staffelsee. Nur der vierte, der wirklich gut beschlagen war, durfte bis Partenkirchen mitfahren, wurde dort mit einem solennen Mahle traktiert und auch wieder mit nach Hause genommen.

Sauerbruch erklärte während seiner Münchener Universitätszeit in dem Kolleg »Allgemeine Chirurgie«, daß das Charakteristikum der Entzündung sehr im Gegensatz zur klassischen Definition allein die »Rötung« sei. Darauf antwortete Borst in der »Allgemeinen Pathologie«: »Sie haben soeben die Definition gehört, die Kollege Sauerbruch über die Entzündung gegeben hat. Ich beweise Ihnen, daß die Auffassung nicht richtig ist. Erstens: Wenn Herr Sauerbruch ins heiße Bad steigt und krebsrot wieder herauskommt, ist er noch lange nicht entzündet. Zweitens: Wenn Herr Sauerbruch einer jungen Dame etwas Artiges sagt, wird sie erröten, braucht aber deshalb durchaus nicht für Herrn Sauerbruch entzündet zu sein.«

Die neue chirurgische Klinik sollte gebaut werden. Zur Beratung der Finanzierung war Sauerbruch in den Landtag geladen worden. Dort gab es nun freilich auch allerhand andere Dinge zu besprechen. Es fing an mit Punkt eins: zur Geschäftsordnung; Punkt zwei dies und Punkt drei das und so fort. Sauerbruch wartete eine Weile und hörte sich alles an, dann erschien es ihm schließlich zu dumm. Er stand einfach auf und sagte: »Hören Sie einmal kurz her, meine Herren! Sie haben mehr Zeit als ich. Es handelt sich um den Neubau meiner Klinik. 50000 Mark bezahle ich. Die anderen 50000 Mark zahlen bitte Sie! Guten Morgen!« Das Geld wurde bewilligt.

Heute dürfte es vermutlich so leicht nicht mehr zu schaffen sein. Aber der Sauerbruch, der brachte so etwas fertig.

Von den Absonderlichkeiten eines Mannes mit Namen Strauch, der seiner pädagogischen Berufung jahrzehntelang in einer mittleren Stadt am Main nachging, hat Johannes Kirschweng folgende Kathederblüten überliefert:

In der Erdkunde sprach er einer Stadt das Urteil, indem er von ihr behauptete, sie sei dadurch von Bedeutung, daß sie ohne Hafen und infolgedessen völlig unbedeutend sei. – Die tragische Geschichte Julius Cäsars gewinnt ein völlig neues Licht durch Strauchs Erklärung, daß er auf eine Art und Weise ermordet worden sei. die seiner Gesundheit sehr nachteilig war. Ferner bekundete Strauch im Geschichtsunterricht: »Fragen wir nun, wer von den beiden Feldherren der bedeutendere gewesen ist, Scipio oder Hannibal, so müssen wir diese Frage ganz entschieden bejahen.« – »Karl der Große bestieg die deutsche Kaiserkrone von 768 bis 814.« Hart und vernichtend war sein Urteil über alles, was die Italiensehnsucht der mittelalterlichen Herrscher im Süden entstehen ließ: »War das denn schließlich nicht alles ein totgeborenes Kind, das im Sande verlief?« Über den Beginn des Lebens der schottischen Königin: »Maria Stuart wurde in Edinburgh in Abwesenheit ihrer Eltern geboren.« Ein anderer Satz aus dem Bereich der englischen Königsgeschichte lautete: »Richard der Dritte ließ all seine Nachfolger hinrichten.« Drastisch vollzog sich die Krönung Napoleons: »Napoleon wartete die heilige Handlung des Papstes nicht ab, sondern setzte sich mit Emphase den Kaiserthron selbst aufs Haupt.« Für solchen Frevel blieb freilich nachher die Strafe nicht aus: »Vermessentlich steckte Napoleon seine Nase in die Eisfelder Rußlands und verbrannte sich dabei die Finger so heftig, daß er für alle Zeiten daran zu löffeln hatte.«

Zuweilen suchte dieser Professor Strauch, die Schüler der oberen Klassen – von Unterprima an aufwärts – in die aktuellen Zeitprobleme einzuführen. Auch das natürlich auf seine Art. Davon erzählt Kirschweng ein delikates Stück:

Einmal kam er – das war noch in den Jahren vor dem Ersten Weltkrieg – in die Klasse und warf den dicken Pack Zeitungen, mit dem er wie gewöhnlich hereingekommen war, erregt aufs Pult. Er wartete eine gute Weile, daß einer von uns ihn fragen sollte, warum er so aufgeregt sei, und erst als er merkte, daß wir das boshafterweise unterließen, fing er an: »Von heute an lese ich überhaupt keine Zeitungen mehr. Es ist ja alles Unsinn, was darin steht.« Das konnten wir nun doch nicht ohne Widerrede hinnehmen und erbaten uns eine Erklärung.

Er nun hub an und sagte: »Sehen Sie! Sie sind ja nun schon Primaner, und man kann und muß mit Ihnen wohl auch schon mal von so ernsthaften Dingen reden. Da steht hier in der Zeitung zu lesen, daß die Kinderlosigkeit auch in Deutschland ständig zunimmt. Wie kann nur eine deutsche Zeitung solchen Unsinn schreiben? Das ist doch bei uns gar nicht so, das ist doch bloß in Frankreich. Siehe schon Tacitus: Germania!«

Da waren wir zunächst höchst verblüfft und bemühten uns dann, ihm entgegenzuhalten, daß seit den Zeiten des Tacitus immerhin einiges Wasser den Main hinuntergeflossen sei und sich auch in Germanien einiges verändert und manches verschlechtert habe. Auch sei doch wohl zu bedenken, sagten wir ihm, daß so ein Zeitungsschreiber dergleichen nicht einfach sich aus den Fingern saugen könne, ebensowenig wie – das fügten wir mit todernster Miene hinzu – der Professor im Geschichtsunterricht etwas glatt erfinden könne. Und wenn es noch so traurig wäre, etwas müsse doch wohl dran sein. Mit steigender Ungeduld hörte der Professor zu. Endlich wurde er's müde und fuhr polternd dazwischen: »Sehen Sie mal, schließlich sind Sie doch alle noch ein bißchen jung, um das richtig beurteilen zu können. Ich will auch keine langen Reden mehr halten. Machen wir jetzt einfach die Probe!« Es gehörte zu Strauchs großen Leidenschaften, Proben zu machen. Und diese Probe nun verlief so: Strauch stieg von seinem Pult herunter, überschaute seine Schar mit schon im voraus triumphierendem Blick und fing an: »Jetzt passen Sie also mal recht gut auf! Erheben sich einmal alle von ihren Plätzen, die aus Familien mit vier und mehr Kindern stammen!« Etliche meldeten sich. »So, gut, setzen Sie sich! Jetzt alle aus Familien mit drei Kindern! Gut so, setzen Sie sich!« Es folgten die Familien mit zwei Kindern, und danach nahm er sich die einzigen Söhne vor. Dann schöpfte er ganz tief Atem und rief mit kaum noch verhaltenem Siegesjubel: »So und jetzt stellen sich alle, die aus einer kinderlosen Familie stammen! ... Sehen Sie, ich habe es doch gewußt! Es meldete sich niemand! Da haben Sie's!« Wir waren völlig erschüttert. Es herrschte eine volle Minute Schweigen. Dann fingen wir an, mächtig in die Hände zu klatschen und tosend Bravo zu rufen. Der Strauch aber stand ruhig vor all dem Aufruhr von Begeisterung und genoß seinen Triumph.

Es gibt übrigens noch eine Erweiterung dieser Geschichte, wonach einer aus unseren Reihen die nächste Klasse, zu der Strauch in der folgenden Stunde kam, benachrichtigt hätte, so daß dort beim gleichen Versuch sechs Schüler sich als einer kinderlosen Familie entstammend gemeldet hätten und der Professor völlig vernichtet auf seinen Stuhl sank. Aber diese Erweiterung dürfte doch wohl ins Reich der Legende zu verweisen sein.

Stilblüten wachsen aber nicht nur auf dem Katheder, sondern auch auf den Schulbänken, wie die folgende Auslese aus Schüleraufsätzen zeigt:

»Als Odysseus Polyphems Höhle betrat, saß der einäugige Riese dort und melkte sein Böcklein.«

»Kurz bevor Odysseus sich der Insel der Phäaken näherte, erschien die Göttin Athene der lieblichen Jungfrau Nausikaa im Traume und machte sie darauf aufmerksam, daß sie keine saubere Wäsche habe.«

»Martin Luther wurde gegen Ende des 15. Jahrhunderts von einem armen Bergmann geboren.«

»Die früh verwaiste Jungfrau von Orleans hatte nie die Hand der Mutter genossen.«

»Die Elbe ist ein majestätischer Strom. Wie eine Königin wälzt sie sich in ihrem Bette.«

»In der Sommerfrische ist es herrlich«, schreibt ein junges Mädchen, »gleich morgens, wenn ich aufstehe, hat man einen schönen Anblick.«

»Unter Nomaden versteht man Leute, die sich nur kurze Zeit an einem gewissen Orte aufhalten.«

»Zusammenfassend kann man sagen, daß Friedrich der Große ohne seinen Vater kaum denkbar wäre.«

»In Portugal fängt das Klima erst im Februar an, im Sommer ist große Hitze, aber im Herbst benebelt sich alles wieder.«

(Aus: »Anekdoten.« Langen Müller 1976)

Joachim Fernau

Die schwache Stunde

Paris. Abend.

Auf dem Bahnsteig des Gare de l'Est. Der D-Zug Paris–Istanbul steht zur Abfahrt bereit. Aus einer Dampfwolke tauchen der Schlafwagenschaffner und ein Reisender auf. Der Schaffner ist ein kleiner Franzose à la Napoleon III., der Reisende, in der Hand ein elegantes Köfferchen, ist der Pianist Stephan Pannier, sehr gut aussehend, durchgeistigt, heiter gelöst, fünfzig Jahre.

DER SCHAFFNER, *gestenreich:* Le waggon est occupé, Monsieur! Es ist alles besetzt, und es ist auch schon alles an Bord.

PANNIER, *verwundert:* Waren Sie Seemann?

DER SCHAFFNER, *würdevoll:* Ich? Niemals.

PANNIER *heftet sich dem Kleinen an die Fersen:* Kein einziges Bett frei? Auch kein ganz kleines?

DER SCHAFFNER, *Verzweiflung mimend:* Es ist ein Bett frei, Monsieur, aber Sie können es nicht haben, mon Dieu! Es ist eine Zweibett-Kabine, und das eine Bett ist von einer Dame belegt!

PANNIER: Und?

DER SCHAFFNER *rollt die Augen zum Himmel:* Folglich kann ich das andere nur einer Person weiblichen Geschlechts geben.

PANNIER, *eifrig:* Wieso folglich? Ich weiß, daß Sie im Notfall einen Herrn und eine Dame zusammen einquartieren dürfen.

DER SCHAFFNER *bleibt überwältigt stehen.* Wo ist hier ein Notfall? Sind Sie Krankenwärter? Sind Sie der Arzt der Dame? Sind Sie ihr Onkel?
Außerdem müßte die Dame einverstanden sein.

PANNIER: Aber, mein Freund! Sie wird! Sie wird! Eilen Sie und schildern Sie mich in glühenden Farben!
Der Schaffner steigt ein; man sieht ihn am Fenster mit einer Dame sprechen; er kehrt nach wenigen Sekunden zurück.

DER SCHAFFNER: Voilà! Die Dame hält Sie für verrückt. Pardon, sie sagte es wörtlich.
Pannier zuckt die Achseln, geht zur offenen Tür des angrenzenden Wagens und steigt ein.
Im gleichen Augenblick tritt aus der Schlafwagentür »besagte« Dame, etwa fünfunddreißig.

DIE DAME: Kann ich auf der nächsten Station wieder zusteigen? Ich will noch in den Speisewagen.

DER SCHAFFNER, *höflich:* Gewiß, Madame! Aber bitte steigen Sie in den nächsten Wagen und gehen Sie im Innern entlang, denn der Zug fährt sofort ab.
Das tut sie. Sie schwingt sich leichtfüßig hinauf und prallt oben fast mit Pannier zusammen.

DIE DAME, *erschrocken:* Pardon!

PANNIER, *auch erschrocken:* Pardon!
Er tritt zur Seite. Dann geht ihm ein Licht auf.

PANNIER: Ah! Die Dame mit den zwei Betten!

DIE DAME: Sind Sie der Herr, der dieses Ansinnen an mich stellte?

PANNIER: So ist es, Madame. Aber wissen Sie kein richtigeres Wort als »Ansinnen«?

DIE DAME: Doch, aber ich wollte höflich bleiben.

PANNIER: Madame – unabhängig vom Reglement der Schlafwagengesellschaft –, mich intressiert die Frage: Warum sagten Sie nein? Aus moralischen Gründen oder aus Bequemlichkeit oder etwa weil Sie Furcht haben?

DIE DAME *mustert ihn amüsiert:* Nein. Weil ich schlafwandle.

Sie wendet sich um und geht den Gang hinunter.

Der Zug fährt an.

PANNIER *geht hinter der Dame her:* Madame! Wenn Sie sowieso im Schlaf wandeln, könnten Sie dann nicht vielleicht, während ich Ihr Bett benutze, hier vor meinem Abteil auf und ab schlafen?

DIE DAME *in das leere Abteil, in dem Panniers Köfferchen steht, blickend:* Ist das Ihr Abteil? Sie werden hier ausgezeichnet ruhen. Sehen Sie, der Zug fährt, es steigt also niemand mehr ein.

PANNIER *lacht:* ... und aus!

DIE DAME *geht weiter, irritiert:* Natürlich nicht aus! Was soll das?

PANNIER *folgt ihr:* Schlafwandeln Sie jetzt zum Speisewagen?

DIE DAME, *ohne sich umzudrehen:* Gewiß, Monsieur. Und ich finde ihn allein.

PANNIER: Wenn ich Ihnen folge, so betrachten Sie das bitte höchst unpersönlich. Ich möchte nur Ihr Gesicht sehen, wenn wir am Ende des Zuges angelangt sind.

DIE DAME, *stirnrunzelnd:* Sie scheinen zu glauben, daß wir keinen Speisewagen mitführen?

PANNIER, *dozierend:* Kein Zug in den fünf Kontinenten dieser Erde, der um diese Nachtzeit einen Kopfbahnhof verläßt, führt einen Speisewagen mit, Madame!

Morgen früh wird er angehängt.

DIE DAME: Und heute abend bis Chateau Thiery; dort wird er abgehängt.

PANNIER *lacht aufreizend:* Hahaha! Wir halten gar nicht in Thiery!

DIE DAME, *indigniert, geht wortlos weiter.*

Schließlich steht sie am Zugende und blickt auf den Schienenstrang hinaus.

Sie ruft spontan und ärgerlich: O mei!

PANNIER, *lebhaft:* Ja, was höre ich? Mutterlaute! Sie sind aus München?

Die Dame dreht sich halb erfreut, halb unsicher um: Sie etwa auch? Also: Grüß Gott, mein Herr. Und was nun? Ich habe Hunger und nichts zu essen.

Ich werde klopfen, der Schlafwagenschaffner wird mir öffnen.

PANNIER, *amüsiert:* Nie! Sagen Sie selbst: Wer kann schon klopfen? Irgendein Bittsteller.

Wir können jetzt gemeinsam zurückwandeln.

Als sie sein Abteil erreichen, öffnet er die Tür: Ich *habe* übrigens zu essen. Willkommen in meinem bescheidenen …

DIE DAME: Besten Dank. Ich klopfe lieber.

PANNIER, *leichthin:* Auf baldiges Wiedersehen!

Er macht es sich bequem. Die Dame kehrt alsbald zurück.

PANNIER: Hat er geöffnet?

DIE DAME: Wäre ich dann hier? Welche Idee!

PANNIER: Gerade diese Idee fand ich so schön. Darf ich Ihnen meinen Namen nennen? Ich heiße Pannier.

DIE DAME *setzt sich. Lächelnd:* Daran erkenne ich den Deutschen. Eine Visitenkarte ist ein wahrhaft zuverlässiges Fundament. Ich heiße Uthoff. *Frau* Maria Uthoff.

PANNIER, *etwas gebremst:* Danke.

MARIA, *hinterhältig:* Gefällt Ihnen der Name nicht?

PANNIER, *antwortet nicht, schaut sie nur an. Dann packt er seine Fressalien aus:* Wurstbrot?

MARIA: Gern.

PANNIER: Kalten Braten?

MARIA: Herrlich!

PANNIER: Trauben?

MARIA: Wunderbar!

Sie ißt mit Begeisterung, während er sie anstarrt.

Dann sagt sie: Die Beleuchtung ist schlecht, nicht wahr? Ich würde an Ihrer Stelle jetzt auch etwas essen und erst morgen früh in meiner Betrachtung fortfahren.

PANNIER, *vergnügt:* Sehr gut. So wollen wir es halten, Frau … Ah, jetzt habe ich Ihren Nachnamen vergessen. Darf ich Sie Maria nennen?

Maria, statt einer Antwort, zeichnet wortlos ihr Porträt an die beschlagene Fensterscheibe und schreibt: »Uthoff« darunter. Das Bild beginnt an Nase, Mund und Kinn sofort zu tropfen.

PANNIER: Wunderbar! Sind Sie verwandt mit dem bekannten Maler Picasso?

Er schreibt in Windeseile die Noten zu »Wie sich die Bilder gleichen« darunter.

MARIA *lacht und deutet mit dem Finger:* »Wie sich die Bilder gleichen.« Tosca, hab' ich's erraten? Sind Sie verwandt mit dem bekannten Pianisten Pannier?

Im selben Moment erschrickt sie, es reißt ihren Kopf herum, sie starrt Pannier an: Um Himmels willen! Sie sind es wirklich, Sie sind Stephan Pannier –

Sie schlägt die Hände vor das Gesicht. Dann: Verzeihen

Sie meine Albernheiten, ich …

PANNIER: Darf ich *jetzt* Maria zu Ihnen sagen?

MARIA, *immer noch verwirrt:* Alles! Sie können auch Lieschen zu mir sagen.

PANNIER, *sanft:* Wie gern, Lieschen. Sie sind entzückend.

MARIA, *erschrocken und mit einem Anflug von Bitterkeit:* Ich habe mich vergessen. Ich hatte so viel Freude an unseren Kindereien …

PANNIER *betrachtet sie aufmerksam und liebevoll.*

MARIA *fährt fort:* Ich … ich bin es nicht mehr gewohnt, so unbeschwert zu sein. Mein Mann –

sie schüttelt den Kopf und bricht ab.

– Ich … war … ich war vorhin so vergnügt, wie seit vielen Jahren nicht mehr –

PANNIER, *leise:* Wie schön!

MARIA, *reuig:* Und ich habe Sie nicht erkannt! Seit ich Sie vor acht Jahren zum erstenmal gehört habe, habe ich Sie angebetet – Sie sehen, ich sage es ohne Stottern. Ich habe Sie viermal gehört; viermal! Nur einmal, als Sie im Frühjahr mit Karajan in München waren, konnte ich nicht kommen.

PANNIER: Ich entsinne mich.

MARIA, *erstaunt:* Woran?

PANNIER: An den einen leeren Stuhl.

Maria lacht.

PANNIER: Wie hübsch Sie lachen!

MARIA, *etwas melancholisch:* Es wird wohl daran liegen, daß mein Lachen nicht sehr abgenutzt ist.

PANNIER: Maria –

MARIA: Ja?

PANNIER: Ich bin ganz glücklich, daß wir uns begegnet sind.

MARIA *sieht ihn starr an:* Ich auch. Und ich möchte es ein paar Stunden bleiben. Haben wir noch weit bis Eperney – ich meine, bis ich umsteige in …

PANNIER: … in den Alltag.

Schritte nähern sich, die Tür wird aufgeschoben.

DER SCHLAFWAGENSCHAFFNER erscheint:

Madame! Ich habe mich in meiner Auskunft geirrt, es gibt keinen Speisewagen. Pardon!

Falls Sie jetzt den Wunsch haben, Ihr Bett –

MARIA *springt auf:* Stellen Sie sich vor, Monsieur, dieser Herr – Sie erinnern sich?

DER SCHAFFNER: Sehr genau, Madame.

MARIA, *eifrig:* Ich hatte ihn vorhin nicht gesehen, verstehen Sie, und jetzt stellen wir fest –

DER SCHAFFNER: Verstehe, Madame. Welch angenehme Überraschung! Es ist Ihr Herr Onkel.

MARIA, *knallrot:* Ich versichere Ihnen –

DER SCHAFFNER *wehrt ab:* Ich bin Franzose, Madame … und selbst zweifacher Onkel. Kann ich Ihren Koffer haben, Monsieur?

Bitte folgen Sie mir an Bord.

MARIA: Waren Sie Seemann?

DER SCHAFFNER: Ich? Niemals!

Er verschwindet mit dem Gepäck.

Maria bleibt in der Mitte des Abteils noch einen Augenblick wie geistesabwesend stehen.

PANNIER: Fehlt noch was?

MARIA: Etwas Courage.

Sie lächelt. Dann folgt sie Pannier zum Schlafwagen.

(Aus: »Ernst & Schabernack.« Herbig 1976)

Otto Julius Bierbaum

Annemargret und die drei Junggesellen

Eine äußerst dunkle Zeit das Mittelalter!

Eine äußerst unmoralische Gesellschaft die Raubritter!

Es ist wahr: Unsere Gardekavallerieoffiziere stammen meistens von ihnen ab. Aber auch sie müssen heutzutage so viel Examina machen, daß wir mit Genugtuung konstatieren können: Die Wurzelbürste der allgemeinen Bildung hat sie bürgerlich moralisiert, und kein ehrsamer Zivilist braucht sich mehr vor ihnen zu fürchten. Ja: sie selber weinen viel Druckerschwärze über die schlechten Sitten ihrer Vorfahren und sind gar sehr betrübt, daß in ihren Familien solche Sachen passiert sind.

Was für Sachen! Ah: was für Sachen! Man möchte wirklich manchmal daran zweifeln, daß unsere heutigen lieben glatten Herren von, auf und zu die richtigen Nachkommen dieser unmoralischen Rauhbeine sind, die solche Sachen gemacht haben.

Denn, um das gelindeste Wort zu brauchen: saftige Kumpane sind sie gewesen, diese Herren von Eisenbeiß auf Eisensteiß, und rund um sie herum war nicht der Exerzierplatz, nicht das Bureau, sondern der dicke, dunkle Wald.

Der gehörte ihnen; den hatten sie lieb. Aber die Städte und die Städter konnten sie nicht leiden.

Was da in engen Gassen herumkroch, war ihnen ein übel tugendhaft Gesindel: einzeln feig, in Masse frech; geschäftig und geschwätzig; krummbucklig und scheelsüchtig; krittlich und profitlich; in allen Dingen nach der Elle gerichtet und abgemessen; eingepackt in Sippschaften und Zünfte; klettentreu zusammengefilzt und miteinander verbacken in Schmutz und Schweiß und schmieriger Biederkeit. Sie dagegen, die edlen Herren vom spitzen Sporn und Stegreif, die Junker Schlagdrauf, Greifzu, Haltfest, fühlten sich als Einzelne, Eigene, Freie, und es schien ihnen ihr gutes Recht zu sein, die Säcke der Krämer in ihre Kammern zu leeren, obwohl es die Obrigkeit nicht guthieß.

Denn die Obrigkeit konnten sie auch nicht leiden, außer wenn sie selber Obrigkeit waren.

Man ersieht aus alledem, wir ungebildet die Raubritter gewesen sind.

Hätten sie Schulbildung genossen gehabt, so würden sie sich ohne weiteres haben sagen müssen, daß das so auf die Dauer nicht fortgehen konnte, und daß sie sich mit einem solchen Betragen für alle Zeit in der Weltgeschichte ein miserables Renommee schaffen mußten. So ist es auch gekommen. Die Tugend hat gesiegt; überall herrscht Ordnung und Gesetz; jede Körperverletzung wird unnachsichtig bestraft; wer seinen Mitbürger an seinem Eigentum schädigt, kommt, mit oder ohne Wappen, hinter Schloß und Riegel: und die ganze gebildete Menschheit hat alle Ursache, jene abscheulichen Zeiten höchst verächtlich zu finden, mit sich aber sehr zufrieden zu sein.

Nur Degenerierte und Dichter (was auf eins hinausläuft) sind imstande, an diesem Chorus der Freude nicht mit teilzunehmen. Sie allein vermögen es auch, dem Raubrittertume noch einigen Geschmack abzugewinnen.

Es muß da irgendeine Verwandtschaft bestehen. Vielleicht war das Raubrittertum eine Art angewandter Lyrik? Vielleicht ist Lyrik eine Art verhindertes Raubrittertum? Wie es auch sei: Dem tüchtigen Bürger sind beide gleich unsympathisch, und dieser Umstand beweist allein schon, daß sie irgendwie zusammengehören.

Da mir an meiner Reputation gelegen ist, und da ich nicht wünsche, daß die Geheimrätin X. und der Schuhmachermeister Y. sich darauf einigen, mich für einen verspäteten Raubritter zu halten, darf ich nicht unterlassen, hier zu erklären, daß ich nicht zu jenen Raubritterpoeten gehöre, daß ich, wie sehr auch der Anschein gegen mich sprechen mag, im Besitze der bürgerlichen Ehrenrechte bin, und daß ich mit der kleinen Geschichte von Annemargret und den drei Junggesellen keineswegs das verabscheuliche Ziel verfolge, zum Mädchenraub aufzufordern.

Diese Geschichte ist vielmehr durchaus moralischer Natur und beweist auf das klarste, daß das Mittelalter wirklich finster war. Stellen Sie sich vor, sie spielte nicht damals, sondern heute. Würde sie mit Mord und Totschlag endigen? O nein! Es gäbe ein niedliches, kleines, viereckiges Verhältnis; nichts weiter: Wie es sich für anständige junge Leute aus guter Familie ziemt, schickt und paßt.

In Wahrheit hat sie sich auch so begeben, und Annemargret fährt heute auf Gummirädern. Ich habe sie erst gestern unter den Linden gesehen. Seien wir stolz! Seien wir heiter! Es lebe die Aufklärung!

Und nun die Geschichte

Es waren einmal drei junge Junggesellen, recht adelige Burschen: nämlich Söhne eines alten Raubritters.

Der war aber tot und lag mit seiner Frau, der weiland Raubritterin, in seinem Erbbegräbnisse tief im Walde. Sein Wappen, ein behelmter Wolf, der eine dreigespaltene Zunge sehr rot und im zierlichsten heraldischen Schnörkelschwunge aus dem raffzähnigen Rachen bleckte, lag in Stein gehauen über ihm; und das war gut, denn damit war die Sicherheit gegeben, daß der alte Raubritter den Landfrieden, den er dem Tode hatte schwören müssen, auch wirklich hielt.

Es wäre ihm schon zuzutrauen gewesen, daß er auch noch als Gerippe auf Krämer ausgeritten wäre.

Seine drei Söhne: Welf, Ralph und Rolf besorgten das ja auch, aber doch nicht mit der ganzen väterlichen Leidenschaft. Sie taten es nur berufshalber und wenn die Münze ausging, nicht aus Sport und innerlichem Bedürfnis. Die Jagd war ihnen vergnüglicher, und sie hetzten den Bären lieber als den Juden.

So lebten sie recht angenehm bewegt in ihrem alten Schlosse am Walde, tranken sowohl roten als auch weißen Wein in beträchtlichen Mengen und aßen viel saftigen Braten dazu, den ihnen ihre alte Haushälterin, die ehr- und tugendgeachtete Jungfrau Barbara, genannt das Reibeisen, gar vorzüglich am Spieße zu braten verstand.

Aber eines Tages, gerade, als sie einen Rehrücken am Spieße hatte und emsig drehte, sagte sie plötzlich ohne ersichtliche Ursache: »Mein Jesus, Barmherzigkeit!« fiel hin und war tot. Der Rehrücken verbrannte, der Brandgeruch, erst ganz angenehm, dann schon mehr unlieblich, stieg bis ins Turmgemach, wo Welf, Ralph und Rolf sich eben die Würfelknochen unter erklecklichen Flüchen ins Gesicht schmissen, und lockte die Brüder zur Küche.

Da wurden sie sehr traurig, als sie das Reibeisen tot auf dem Steinboden liegen sahen, schlugen hastig Kreuze und fluchten mörderlich.

»Wer soll uns nun kochen und braten!« rief Welf.

»Sie konnte es so schön knusperig!« klagte Ralph.

»Und dennoch blieb er innen saftig!« bemerkte Rolf.

»Du mußt jetzt den Spieß drehen!« entschieden Welf und Ralph, die beiden Ältesten, indem sie sich zu Rolf, dem Jüngsten, wandten.

»Ich werde euch den Spieß in den Bauch rennen!« bemerkte dieser gelassen.

Darauf prügelten sie sich eine Weile mit Hingebung. Aber damit war die Dienstbotenfrage nicht erledigt. Da kam Welf ein guter Gedanke:

»Laßt uns eine Köchin aufheben.«

»Ha!« riefen die andern und umarmten ihn, »das ist eine Idee!«

»Legen wir uns an den Kreuzweg am Unkenteich, wenn die Dorfdirnen zur heiligen Urschel paternostern gehen!« schrie Welf, der entschieden der Taktiker unter den dreien war.

»Ha!« riefen die andern, »das ist wieder eine Idee!«

»Machen wir aber schnell, denn ich bin hungrig!« brüllte Welf mit ritterlichem Ungestüm.

»Los!« brüllten die andern.

Und sie stiegen in die Rüstkammer, schnallten sich die Harnische um, ergriffen die gewaltigen Schlachtschwerter, vergaßen auch nicht die dicken Streitkolben, setzten sich die Helme mit den Wolfsrachen aufs lockige Haupt und schwangen sich auf die ebenso mutigen wie dicken Rosse. Hei, wie wieherten die, als es im Donnersaus über die Zugbrücke ging und dann am Wald entlang zum Unkenteiche! Der alte Christoph, der einzige Knecht, der den dreien nicht davongelaufen war (weil er Rheumatismus hatte und nicht laufen konnte), und der nun alle männlichen Ämter bekleidete, die es auf einer rechtschaffenen Ritterburg gibt, zog die Zugbrücke wieder hoch und knurrte in seinen grauen Bart: »Wenn sich wenigstens einer von ihnen den Hals brechen wollte!«

Dann ging er hin und wunderte sich, daß das alte Reibeisen tot war.

Unterdessen lagen die drei Junker hinter den Kreuzwegbuchen am Unkenteiche und ließen die Weiblichkeit des Dorfes Sankt Ursula Revue passieren, die in die Kapelle zum Rosenkranz ging.

Es waren aber meistens alte Weiblein, die da mit dem Rosenkranze vorbeihumpelten, und die drei hatten auf dem Hinritt beschlossen, keine Alte zu fangen. Denn, wie Rolf sehr richtig bemerkt hatte: »Eine Alte stirbt bald, und dann haben wir gleich wieder Wechsel. Und sich ewig an neue Köchinnen gewöhnen müssen, ist lästig. Eine Junge also! Den Spieß drehen und Betten machen kann schließlich jede, und die richtige Reibeisentradition wollen wir ihr schon beibringen.«

Aber, wie nun auch Junge vorüberkamen, setzten sie doch ihren Gäulen nicht sogleich die Zinken ein und fuhren darauflos, sondern es gab über jede ein kritisches Gewispere und mancherlei Aussetzungen hinter den Buchen:

Zu dick!
Zu dürr!
Läuft über die große Zeh!
Zu braun!
Zu blaß!
Hat scheelen Blick!
Hat keine Brust!
Watschelt!
Zu lang!
Zu kurz!
Krummbein!
Schiefmaul!
Knollnase!
Satthals!
Pickel im Gesicht!
Leberfleckig!
Warzenacker!

Und so streng kritisch, immerfort, daß man hätte meinen sollen, es handle sich hier gar nicht darum, eine Köchin zu rauben, sondern eine künftige Burgherrin für Wolfsturm.

Da kam aber eine, in einem kurzen roten Rock mit schwarzem Mieder, aus dem um einen vollen weißen Arm die weißen Hemdärmel sauber blitzten: Und die gefiel allen dreien offenbar ganz über die Maßen wohl. Sie hatte ein frisches rundes Gesicht, mit ein paar allerliebsten, lachenden Augen darin, die schwarz und funkelnd waren wie reife Brombeeren. Schwarz und glänzend war auch das volle Haar, das in einem dichten Kranze doppelt ums Hinterhaupt ging. Dazu wohlbeschlagen im Mieder, kräftig im Gehwerk – kurz: nett ganz und gar und etwa achtzehn Jahre alt.

»Die!« stieß Welf hastig hervor.

»Ha!« stieß Ralph nach.

»Los!« kommandierte Rolf.

Und, heißa, heidi, klapp, klapp, klapp! brachen die Gäule aus dem Unterholz und sperrten den Weg.

»Jesusmariaundjos ...!« schrie die Kleine auf und guckte erstaunt die Geharnischten an.

»Halt!« donnerten die drei Junker.

»I steh ja schon!« antwortete das Mädchen und zog trotzig die Lippen hoch. »Was soll i denn noch?!« Viel Furcht hatte der Balg nicht.

»Aufs Pferd zu mir!« schrien die grimmigen Brüder.

»Auf alle drei Pferd?« antwortete das Mädchen und lächelte dazu.

»Auf mein Pferd!« brüllte jeder einzelne und preschte vor.

Das Mädchen ließ den Rosenkranz fallen und flüchtete hinter einen Baum. So, einstweilen sicher, drehte sie den drei Gaulgebietern himmlisch vergnügt eine Nase.

»Kommst vor!?« drohte Welf.

»Kommst her!?« drohte Ralph.

»Wart Balg!« rief Rolf, sprang vom Pferde, packte das Ding, hob's in den Sattel, sprang nach und sauste davon, gerade wie die beiden andern abgesprungen waren.

Die kletterten, unsäglich fluchend, wieder aufs Schlachtroß und galoppierten, Pferdenase an Pferdenase, hinter dem Flüchtigen drein, der in einer Weise lachte, daß sich die ältesten Eichen nicht erinnerten, je ein solches Lachen gehört zu haben. An der Zugbrücke, die der alte Christoph natürlich wieder nicht rechtzeitig hochgezogen hatte, trafen sich die drei.

Das mindeste, was Welf und Ralph vorhatten, war,

den schnöden Rolf ans Brückentor zu nageln. Die Schwerter hatten sie schon heraus, und fluchen taten sie auch, wie es der Situation angemessen war. Aber Rolf war nicht geneigt, sich annageln zu lassen. Er zog gleichfalls blank, warf den Gaul herum und legte aus. Dazu brüllte er gewaltig, und da die beiden anderen nicht weniger brüllten, so gab es ein richtiges Raubritterspektakel.

Das paßte der Kleinen aber gar nicht. Sie hielt sich beide Ohren zu und schrie in das Getöse: »Ob ihr gleich stille seid?! Wenn ihr euch erstechen wollt, so laßt mich wenigstens vorher in die Burg!«

Da sanken den dreien die Schwerter.

Richtig! Darauf kam's ja am Ende bloß an: daß die Kleine in die Burg kam.

Schlump! fuhren die Klingen in die Scheiden, und Hahaha! und Hohoho! lachten die Reisigen, daß den Rossen ganz übel im Bauch wurde von der Erschütterung.

Die Kleine aber sprang vom Pferde, schüttelte sich die zerknüllten Röcke, rieb sich ein bißchen in der Gegend, die den Sattel gefühlt hatte, und rief: »Also gut, ihr unverschämten Junker, jetzt geh' ich in eure Burg. Da mag's nett aussehen! Na, ich bin bloß gespannt, was ich da drinnen soll, in dem alten Wolfszwinger.«

»Braten, Jungfer, hahaha!«

»Betten machen, hohoho!«

»Strümpfe stopfen! Wämser flicken!«

»Weiter nichts? Das kann ich gut und noch viel mehr.«

Mit diesen Worten schritt die ecke kleine Bestie über die Zugbrücke, als hätte sie zeitlebens keine andere Schwelle gekannt, zupfte den alten Christoph, der völlig

Glasaugen gekriegt hatte vor blödem Staunen, am Bart, ging, während die zwölf Hufe über die Brücke donnerten, geradewegs zum inneren Burghofe, guckte sich gelassen um und rief:

»Ja so! Wieviel Lohn krieg' ich denn?«

»Einen Dukaten für das Braten!« lachte Welf.

»Zwölf Batzen fürs Schüsselauskratzen?« lachte Ralph.

»Zehn Groschen für die süße Goschen!« lachte Rolf.

Mit der zufriedenen Heiterkeit, die sich nach wohlgetanen Werken bei allen Menschen von frisch zugreifender Sinnesart einzustellen pflegt, sprangen die drei jungen Junggesellen von ihren Pferden, griffen, hübsch einer nach dem andern, dem Mädchen unters Kinn und fragten:

»Jetzt aber: wie heißt die Jungfer!«

»Annemargret, wie sie geht und steht, die die Betten macht und den Bratspieß dreht.«

»Ich weiß noch einen Reim drauf!« erklärte Rolf.

»Na?«

»Die mit dem Junker ins Be ...«

Aber da hatte er auch schon einen derartigen Klaps auf dem Munde, daß er einstweilen das Reimen sein ließ.

Klapse, die der eine kriegt, stimmen die andern heiter. Das war auch schon in den alten Raubritterzeiten so. Und deshalb ist es kein Wunder, daß Welf und Ralph sich jenes Mal vor Lachen so weit bogen, als es ihre Harnische zuließen, während sich Rolf unterm Schnurrbart rieb und etwas unwirsch bemerkte: »Racker, verdammter!«

Indessen war Annemargret aber schon in der Küche verschwunden, und aus allerlei Geräuschen konnten die drei Brüder entnehmen, daß das resolute kleine Mädchen bereits dabei war, die so jäh unterbrochene Tätigkeit der seligen Barbara aufzunehmen.

Die drei Junker auf, zu und von Wolfsturm waren im allgemeinen selten einer Meinung, aber darin stimmten sie bald völlig überein, daß es im Grunde eine Gnade des Himmels gewesen sei, das ehr- und tugendhafte Reibeisen zu sich und in die Schar seiner Seligen aufzunehmen. Denn Annemargret war der verblichenen Barbara wirklich in jeder Hinsicht überlegen. Vielleicht machte sie den Braten nicht gerade besser, als die am Bratspieß selig Entschlafene, aber daß er besser schmeckte, daran war kein Zweifel erlaubt. Selbst ein Bärenschinken bekommt ein Ansehen von Fröhlichkeit, wenn die Zinnplatte, auf der er in Burgundersauce zwischen gerösteten Kastanien dampft, von zwei netten, kleinen Händen auf den Tisch gesetzt wird. Und dann schon das Geträller von der Küche her, während der Bratenwender den Grundton schnurrt. Man sieht dem Kommenden mit größerer Heiterkeit entgegen, und selbst ein versalzenes Mus hat von vornherein mildernde Umstände in sich, wenn es von so gerne gesehenen Fingern versalzen worden ist.

Vielleicht war Barbara das bessere Gemüt, die frömmere Seele gewesen; aber so aufbetten wie Annemargret hatte sie nicht gekonnt. Viel Wert hatten die drei rauhen Junggesellen ja auch nicht darauf gelegt, daß der Strohsack immer aufgeschüttelt, das Kissen frisch überzogen, das Leintuch glattgebreitet wurde – wenn nur immer der Schlaftrunk handbereit stand. Aber nun war es doch angenehm, sich auch in diesen Dingen wohlbesorgt zu fühlen. Die kleine Unbequemlichkeit, daß man auch selber, schandenhalber, sich etwas ordentlicher zu führen hatte und nicht, nach längeren Schlaftrünken oder so, mit den Stiefeln ins Bett steigen durfte, ließ sich mitnehmen. Man ließ sich überhaupt ganz gerne ein bißchen glattlecken, da es ja nicht bis auf die ritterliche Seele und den rauhen Kern des deutschen Mannes ging, wenn man es sich gefallen ließ, daß die Lederwämser Nähte in den Wolfsturmschen Farben, blau-rot, kriegten, die Stiefel auch an Wochentagen geputzt, die geknickten Helmfedern durch neue ersetzt und überhaupt allerlei Dinge getrieben wurden, die eigentlich gegen die Tradition der Wolfsturms waren. Annemargret hatte sogar ein Heer von alten Weibern aufgeboten und die Dielen scheuern, die Vertäfelung putzen und die Küche weißen lassen – lauter Dinge, die seit dem Tod der ehedem gebietenden Frau Mutter nicht geschehen waren und den Brüdern als krämerhafte Albernheiten gegolten hatten. Es war sogar Geld dafür ausgegeben worden, und Welf hatte sich bei Erwerbung dieses Geldes einen kleinen Leibesschaden zugezogen, da er die schwere Kassette dem renitenten früheren Inhaber eigenhändig entrissen hatte.

Doch das wurde alles gerne ertragen, da man sich unter dem neuen Regime wirklich behaglich fühlte. Ja, die drei Brüder brachten noch weitere Opfer für das kleine, aber unentbehrliche Mädchen.

Da Annemargret die Tochter des Bürgermeisters von St. Ursula war, eines gewichtigen Mannes unter den Bauern, und da dieser Mann und Bürgermeister die Hartnäckigkeit besaß, Herausgabe der Tochter zu fordern, andernfalls er mit Klagen bei irgendeinem Herzog drohte, der sich Landesfürst nannte, und da überdies

Annemargret selber recht schön bat, man möge alles in Frieden ordnen, so ließen sich die drei Brüder, die eigentlich prinzipiell gegen jede friedliche Ordnung einen angeborenen Widerwillen hatten und es schlechterdings würdelos fanden, sich mit jemanden zu »vertragen«, herbei, dem in St. Ursula hausenden Volke für ewige Zeiten Freiheit von jeder Brandschatzung durch das Wolfsturmsche Haus, schriftlich mit beigesiegeltem Wolfsrachen, zu verheißen und zuzusagen.

Welf und Ralph hatten sich gegen dieses Ansinnen als echte Wölfe von Wolfsturm lange und mannhaft gewerht, aber Rolf war schließlich damit durchgedrungen, daß er nicht weniger als zwanzig Möglichkeiten nachwies, den Vertrag beiseite zu schieben; schlimmstenfalls dadurch, daß man sich mit den Vettern auf Zinkenberg, Festenburg, Geyerstein, Rabenhorst verbände und das Nest unten überhaupt beseitigte – womit denn der Kontrakt auch beseitigt wäre, da eben der eine Kontrahent nicht mehr existierte.

Schließlich wirkte aber doch am gründlichsten das Mädchen selber.

Den Welf brauchte sie nur im Nacken zu kraulen, so ward er milde wie Mandelöl.

Bei Ralph genügte schon ein kleiner Patscher auf die Backen.

Und den Rolf hatte sie überhaupt schon und ohne jede besondere Hantierung.

Das ging nun also alles vorzüglich, und auf Wolfsturm herrschte ein vorzüglicher Humor. Ralph blies sogar die Klappentrompete, und Welf, der weniger musikalisch war, rührte zuweilen die große Kesselpauke, die in der Waffenkammer stand. Rolf aber – sang.

Zu den eigentlichen Minnesängern, die nun in der Literaturgeschichte stehen und von den höheren Töchtern auswendig gelernt werden müssen, gehörte er ja nicht. Er dichtete und sang etwas kunstlos, aber Reime auf »et« fand er immerhin eine erkleckliche Menge, obwohl es des Peregrinus Syntax Reimlexikon damals noch nicht gab. Oft, während die beiden Älteren draußen im wilden Walde den Jagdspieß sausen ließen, saß er, gleich Herrn Walther von der Vogelweide, auf einem Steine und deckte Bein mit Beine. Doch gehörte das eine Beinpaar der Annemargret. Auch dichtete und sang er in dieser Stellung keineswegs unablässig, trieb vielmehr andere zum poetischen Hausgebrauch notwendige Dinge. Als da sind: Ausmessung des Parallelismus beim Strophenbau, Rhythmenabklopfung auf rundlichen, rhythmisch wohlgebauten und daher als Maßeinheit dienlichen Stellen, Gleichklangstudien unter Zugrundelegung des Geräusches, das zwei Lippen hervorbringen, die, soeben noch fest aneinandergepreßt, sich plötzlich voneinander lösen.

Die weniger dichterisch veranlagten Brüder bemerkten diese Übungen in praktischer Poetik mit Unbehagen und ermangelten nicht, dem Benjamin von Wolfsturm klarzumachen, daß sie ihm die Knochen im Leibe zerbrechen würden, wenn er fürderhin zu Hause wilderte, während sie draußen mit Wölfen und Bären Stelldicheins hatten.

Aber Rolf rümpfte nur die Nase dazu und zog die Lippen hoch, schlug auch wohl aufs Schwert, daß es nur so klirrte, und meinte, der Busch, in dem er jetzt jagte, dünkte ihm lieblicher als der wilde Wald, und wenn ihm da einer ins Gehege käme, so wäre es wohl möglich, daß er mit ihm verführe, wie mit einem frechen Bauern, den's nach Edelmanns Hirschen lüstete.

Derlei Reden, hin und her geschleudert wie Jagdspieße, trübten den Humor auf Wolfsturm zuweilen etwas, und wenn nicht Jungfer Annemargret so unbändig klug gewesen wäre, wie sie wirklich war, so hätte der Humor wohl bald ein Ende gehabt, und es wäre nicht bei geredeten Jagdspielen geblieben. Aber, ei, wie war Margretlein klug! Hatte sie's mit Junker Rolf, wenn die andern draußen mit Bruder Petz tanzten, so hatte sie's doch auch mit diesen, wenn die Gelegenheit gut war.

Der grimmige Welf war sicher, sie nicht gar selten oben im Treppenwinkel zu treffen, wenn er, Ausguck zu halten, zum Turme stieg. Und da schwand sein Unmut schleunig, hatte er im Dunkel das runde, gefügige Ding im Arm, das er noch lieber an sich preßte als den Urhumpen der Wölfe von Wolfsturm. Wie wundersüß ging's ihm ins Ohr, wie sie an ihm hing und flüsterte: »Lieb's Welfle du, was bist du stark!«

Ralph aber kriegte sein Teil wohl zugemessen unten im Weinkeller. Dort, wo's so kühl und heimlich war, zwischen den großen, werten Tonnen, saßen sie eng beieinander auf dem Tonnenschragen, rechts den braven Malvasier und links den lieblichen Traminer, und hielten einander so nahe und enge, daß es ihnen bei aller Kellerkühle gar freundlich warm wurde.

Ach, wie wunderhold's ihm im rundwölbigen Keller widerklang, wenn sie lispelte:

»Lieb's Ralphle lieb's, was bist du g'schmeidi!«

So glaubte sich denn im Grunde jeder Hahn im Margretenkorbe und lachte heimlich die andern aus, die nach demselben Bissen leckten, und keiner wußte, daß ein Korb drei Hähne beherbergen kann, wenn die Körblerin es nur einzuteilen weiß.

Ein bißchen dumm waren die drei jungen Junggesellen schon, wie man sieht. Aber was will man bei so ungenügenden Volksschulverhältnissen, wie sie in den Raubritterzeiten herrschten, anders verlangen? Es war halt das finstere Mittelalter.

Also: gut ging's im allgemeinen. Es kriegte jeder sein Annemargretisch Teil, und, ein paar Verdachtswolken abgerechnet, die sich hie und da über dem Haupte Rolfs gleich schwarzen Kutteln himmlischer Riesenkühe zusammenzogen, trübte nichts die verliebte Selbstsicherheit jedes einzelnen.

Ralph blies bereits schelmische Triller auf der Klappentrompete, Welf verübte ganz virtuos leidenschaftliche Donnerwetter der Liebe auf der Kesselpauke, und Rolf hatte ungefähr sämtliche Reime beisammen, die die deutsche Sprache auf »et« hergibt. Es wurde fast idyllisch auf Wolfsturm, und sämtliche Bewohner dieses adeligen Sitzes, Christoph und die gewaltigen Streitrosse nicht ausgenommen, setzten einigermaßen Fett an.

Da kam das Schicksal in Ritterstiefeln und trat alles entzwei. Es war ein schöner, klarer Herbsttag und die Weinlese eben vorüber.

Welf saß oben auf dem Geländer des Turmumgangs und guckte aus. Plötzlich rief er in den Hof hinab, wo Margret eben die drei Paar Ritterstiefel im Brunnentrog spülte: »Ralph und Rolf: wo stecken die Junker!?«

»Im Keller und klopfen die Tonnen ab, wieviel noch Wein drinnen.«

»Ha, das ist gut, bei meiner Seel! Ruf sie herauf!«

Annemargret schickte ein gutes Blickchen empor, das

mit eisengepanzerter Kußfaust sehr ritterlich erwidert ward, beugte sich zu einer allerliebsten Rundung zusammen, daß Welf beim Anblick der kühn ausgebogenen Hinterfülle vor Entzücken stöhnte, und rief mit süßer Stimme ins dunkle Kellerloch: »Junkerchen herauf! Der Welf hat was!«

Ralph und Rolf traten gebückt aus der niederen Kellertür und schrien zum Turm: »Hallo, was ist?«

»Gewimmt* ist! Die Bauern fahren das Praschlet** zur Stadt.«

»Alle Teufel und Satansbrut!« rief Ralph.

»Schon?«

»Ei freilich! Es ist Zeit! Ihr ließt wohl alles den Krämern in die Löcher fahren, säß ich nicht hier und guckte aus. Wie steht's in den Tonnen?«

»Nieder!« antwortete Rolf. »Die Traminerin klingt hohl wie deine Pauke.«

»Und den Malvasier kann eine junge Katze auslekken«, fügte Ralph hinzu.

»So denn mit Eilen in Stiefel und Sattel und hurtig Ersatz geschafft!«

Welf schwang sich vom Geländer und polterte die Treppe hinab.

»Her die Stiefel, Annemargret,
Her die Stiefel, eh es zu spät!«
sang anmutigen Eifers voll der nie um Reime verlegene Rolf.

»Sind alle noch naß!« gab die zurück.

»Was schiert mich das?!« reimte Rolf entgegen und fuhr in die patschnassen Lederhöhlen.

* Tirolisch für Weinlesen
** Die Maische

Indessen brüllte Ralph nach den Pferden, rumorte Welf im Waffengelasse, klirrte Christoph mit den Zaumketten, klapperten die Gäule aus dem Stalle, lachte und kicherte Margret. Kurz, Wolfsturm machte mobil.

Wie die drei glücklich im Sattel saßen und den Schlußtrunk genommen hatten, den Annemargret jedem erst annippen mußte, ehe sie ihn dem vom Gaul Gebeugten in die Eisenpfote gab, wurde der Kriegsplan gemacht.

»Ich reit' auf die Traminer!« erklärte Welf.

»Ich hol' den süßen von Margreid!« entschied sich Ralph.

»Ich will mich hinter Urschel nach Schilcher* umtun!« gab Rolf kund. Aber Annemargret protestierte: »Nix hinter Urschl! Urschl hat's schriftlich! Ihr seid mir die Nettern!«

»Ho, die Urschl-Margret, hohohoho!« lachten die drei.

»Also reit' ich anderswohin auf den Schilcher, daß uns Annemargretlein nit sauer wird, die Urschlerin!« erklärte Rolf. »Bleibt sie uns dann süß?«

»Süß allen dreien!« lachte das Mädchen und stemmte die Arme in die Seiten, fest und keck wie eine flinke Bäuerin.

»Fallt's mir fei' nit ins Praschletschaft*«, fügte sie hinzu, als die Junker abritten.

Dann stand sie noch lange und blickte den nach drei Richtungen Auseinandersprengenden von der Mauer aus nach und ließ jedem ihr Tüchlein zuwehen, wenn er sich umwandte und ihr mit der gepanzerten Faust winkte.

* Schillerwein, halb weiß, halb rot
* Maischbottich

Sind doch alle drei recht liebe Junker, dachte sie sich. Jeder hat was besonders Liebes. Der Welf ist wie ein Bär so kräftig und grimmig. Hu, wie er zupackt! Schier blaue Flecke gibt's und ist doch gar lieb. Der Ralph ist nicht ganz so stark, aber hitzig. Küßt er, ist's wie ein Biß, und der Atem geht einem aus vor lauter Schönsein. Aber der Rolf hat was gar Zart's und Fein's und kann reden, daß man die Augen zumachen muß – so lieblich schwatzt er. Wenn er so leise um die Hüften greift, geht's kitzlich überallhin, als wenn jed's Blutströpfle im Leibe lachen sollt'. Lacht auch jed's. – So ist's mit allen dreien wundergut in Heimlichkeit. Möcht' keinen missen. Muß aber immer fein schlau und achtsam sein. Hu, wenn der eine mich mit dem andern säh. Das gäb böses Getu.

So sinnierte sie aufs angenehmste vor sich hin. Dann ging sie aufbetten. Wie sie mit den Junkerbetten fertig war, dachte sie sich: Will doch heut die drei mit dem Wein in Putz überraschen! Und ging in ihre Kammer, den Sonntagsstaat anzulegen.

Schon damals, in den wilden Raubritterzeiten, zogen sich hübsche Mädchen gerne aus und an, und, wenn die Spiegel auch klein und trübe waren, sie sahen sich doch gern darin. Es war also das Anziehen eine liebliche Beschäftigung für die Kleine, als sie ihre Röcke von sich hatte und im kurzärmeligen Leinenhemdchen dastand, da drehte sie sich wohl viele Male vor dem Spiegel hin und her und betrachtete sich selber mit viel Aufmerksamkeit, Ernst und Genugtuung.

Da plötzlich ging die Kammertür auf, und Junker Rolf stand auf der Schwelle.

Aber nicht lange. Denn kaum hatte er das Mädchen in dieser auch für Junker besonders lieblichen Verfassung gesehen, da war er mit einem Satze bei ihr und umfing sie mit den geharnischten Armen.

»Hu, bist du kalt!« rief sie erschrocken aus, die über der Kälte dieser eisernen Umfassung ganz vergessen hatte, daß sie sich doch erst schämen mußte. Aber auch ihm war das Eisen jetzt unbequem. Hastig entschiente er sich, und krach, bumm, klirr flogen die Harnischteile von ihm, und er stand im Lederwamse. Es ging viel schneller als sonst mit dem alten Christoph.

Nun war es gar nicht mehr kalt, wie er sie umfing. Eine Weile lang hatten die Lippen mehr zu tun, als zu reden.

Dann aber fragte Margret: »Ja, aber, daß ich das Pferd nicht auf der Brücke gehört hab! Und wo ist denn das Praschlet?«

»Draußen angebunden das Pferd! Praschlet mögen die andern bringen! Du bist mir lieber als aller Wein! Du, mein rotweißer Schilcher und süßer Malvasier! Lieb's Ding im Rock, viel lieber noch im Hemd! Du! Du! Du! Oh, was du weiß und weich bist! Dräng dich, drück dich, leg dich mir nah! Oh, du mein Wein von Ursula! Du heiße, weiße, voll und rund! Gib deinen Mund! Gib deinen Mund! Und wieder, wieder! Gretlein, mein Mädlein!«

Sie aber sagte nichts und küßte bloß.

Da: Treppengepolter. Da: Rasseln vor der Tür.

Da: krach, eine Faust wider das Türgetäfel.

Rolf sprang auf und sprang zur Tür – grad vor die Brust Welfs, der sie eben aufgerissen hatte.

Ein Heulen wie aus Wolfsrachen, ein Stoß mit der geschienten Faust, vor Rolfs Brust. Der taumelt zurück, bückt sich, sucht sein Schwert.

Aber schon wirft sich, mit beiden Fäusten sein Schwert nach unten stoßend, Welf über ihn und rennt dem Gebückten den Stahl durch den Rücken. Starr saß Annemargret im Hemd auf dem Bett und hielt kindsängstlich die Finger an den Mund.

Jetzt … kommt … das Schwert … zu mir …

Welf zog das Schwert aus dem verröchelnden Leibe, warf es nieder und stellte sich vor der Starrenden schnaufend auf.

Er streckte die auseinandergekrallten Eisenfinger nach ihrem Hals.

Sie sank vom Bett und kniete vor ihm bettelnd nieder.

»Lieb's Welfle, stark's, sei gut …!«

Und nimmt die beiden eisernen Hände und legt sie sich auf die hochgehende Brust und lächelt.

»Du! … Du! …«

Er hebt sie hoch auf und wirft sie aufs Bett, und nimmt sie wieder hoch und preßt sie wütend, klammernd an sich, und nimmt sie wie ein Kind auf den Arm und trägt sie in der Kammer herum und schluchzt und brummt und küßt sie und erdrosselt sie halb vor Grimm und Liebe.

»Heio! Heio! Der Süße von Margreid! Zehn Yrn* und gut gemessen! Heio Margret, für dich der Süße von Margreid!«

Ralph hielt im Burghofe neben einem Praschletfuder, das zwei geknebelte Knechte eben eingeführt hatten.

»Für dich der Süße von Margreid! Da, schau, Margret!« schrie Welf und trat, mit dem Mädchen auf dem Arm, ans Fenster.

* Altes Tiroler Weinmaß

»Was tust du da!« brüllte Ralph, bebend vor Zorn, als er das sah.

»Meine Margret! Meine Margret!« brüllte Welf.

»Willst du sie auch noch? So komm und hol sie!«

Mit einem Satze sprang Ralph vom Pferde und die Treppe hinauf.

Welf setzte Margret aufs Bett, hob sein Schwert auf und stürzte hinaus.

Draußen auf der Treppe rasselten sie aneinander.

Brüllen, Fluchen. Schnaufen. Gepolter. Ein Schrei.

Ralph rollte erschlagen die Treppe hinunter.

»Hahahaha! Hahahaha! Annemargret, jetzt sind wir allein! Geh in den Keller und hol, was noch im Fasse ist! Ei, geh immer im Hemd? Sollst mir fürder immer im Hemd gehn! Denn so hab ich dich doppelt lieb, du mollig Ding!«

Annemargretlein – lächelte und ging. Mit beiden Händen den Humpen tragend, kam sie wieder.

»Trink an, mein Schätzel!« Sie nippte und bot ihm den Humpen. Er nahm einen langen Zug.

»Nun lös mir die Riemen und nimm mir die Schienen ab ... So, mein lieb's Ding ... Und küsse mich auch! ... So, mein lieb's Ding! ... Und setz dich mir auf den Schoß! ... So, mein lieb's Ding! ... Ei, ist es nicht besser zu zweit? Sag's, mein lieb's Ding.«

»Ja ...!«

Nun lagen Ralph und Rolf draußen im wilden Walde bei ihrem Vater, dem alten Raubritter, im Erbbegräbnis, und die ehrbare Steinmetzzunft der Nachbarschaft hatte Arbeit, ihnen das Wappen auf ihren Grabplatten auszuhauen. Das Blut auf der Treppe und in Margrets Kammer war zwar nicht so leicht abzuscheuern, aber man sah es bei der Dunkelheit, wie sie in Raubritterburgen gewöhnlich herrschte, auch nicht eben sehr, und überdies war Margret ausquartiert.

Somit wäre also alles gut gewesen, und es blieb eigentlich nur noch die Fahrt zum Heiligen Grabe übrig, die Welf, um nicht unliebsames Aufsehen zu erregen, doch wohl unternehmen mußte. Denn, wenn auch die Polizei damals zu wünschen übrigließ, wenn es sich um ritterliche Familienangelegenheiten handelte, so hatte der Beichtstuhl doch seine Prinzipien, und alles ließ sich am Ende nicht mit ein paar Messen oder auch Stiftungen abmachen.

Aber es hatte ja Zeit. Indessen kam es böser. Zuerst kam Welf bloß unter den Pantoffel.

Das war nicht angenehm, ließ sich aber doch ertragen, denn Welf war sehr verliebt, und Annemargret ließ es an nichts fehlen, diese Verliebtheit immer warm zu erhalten.

Aber eine Weile hin, und sie kriegte Launen. Und das war schlimmer. Denn Unfriede in der Liebe geht auf die Nerven – sogar bei raubritterlichen Junkern, denen selbst ein paar eilige Brudermorde noch lange keine Nervenzustände zuziehen. Das Schmollen bald und bald Zanken, das Kammertürverriegeln und Beichtevorschützen und dann wieder das Gebettel: »Geh, ein Ringlein ins Ohr, ein Kettlein um'n Hals, ein seiden Fürtüchel, ein paar rote Schuh …!«

Hol's der Teufel und sein schwänzig Gesinde! Indessen: man ritt halt öfter auf die Krämer; man wetterte mal und brüllte sich aus: tat dann auch wieder recht fein und lieblich um den Balg, und schließlich war der am guten

Ende auch wieder fein, und es schmeckte die Liebe um so süßer, wenn vorher der Zank recht sauer geschmeckt hatte.

Aber eines Tags, just, als es anfing kalt zu werden, und Welf die Fenster mit Moos ausfütterte, kam Annemargret, ein Bündel in der Hand, auf ihn zu und sagte ganz kurz: »Junker, i geh!«

»Was tust du!!«

»Aufkünden tu i. Heim mag i.«

»Wa ... s?? ...!«

»Ja sell*. Is mir zu öd hier heroben jetzt.«

»Wa ... s??? ...!«

»Früher, wo ihr dreie wart, is ja gegangen. Hättst halt nit den Ralph derschlagen und den Rolf. Die Langweil hab i.«

Dem Junker schwollen die Schläfenadern.

»Also, ich allein bin dir nicht genug. – Du ... du ... ha!«

»So is.«

»Also die andern fehlen dir!!?«

»Freili!«

Sie ließ die Schürzenbänder wirbeln und legte den Kopf auf die Seite.

Das war ihr Trotzpose.

Da ging dem Junker Welf der Ritterzorn durch, und er gab ihr eine Ohrfeige, daß die Trotzpose auf die andere Seite verlegt wurde. Ein Glück, daß er die Eisenhandschuhe nicht anhatte. Es langte auch so.

»Jetzt geh i erscht recht!« sagte sie, heulte gar nicht mal erst lange, nahm ihr Bündel auf, drehte sich um daß die Röcke flogen, und ging.

* Das

Welf war ganz starr. Dann überlegte er sich, ob es nicht das beste wäre, sie auch totzuschlagen. Aber da er zum Überlegen immer sehr viel Zeit brauchte, war sie schon zum Tore hinaus, als er damit fertig war. Übrigens hatte er sich auch anders entschieden. Er war keines heroischen Entschlusses fähig. Wie vor den Kopf geschlagen saß er da und riß das Moos in Flocken. Dann sprang er plötzlich auf, stieß ein Fenster ein und brüllte hinaus: »Luder! Luder!« Einen eisernen Topf, der gerade neben ihm stand, schmiß er in gewaltigem Bogen hinter ihr drein.

Sie aber stand jenseits der Zugbrücke und drehte ihm eine lange Nase.

»Bhütigod, grimms Welfle, verkühl di nit!«

Welf tat einen grausamen Fluch, reckte sich die Arme, haute aufs Fensterbrett, brüllte, daß die Scheiben klirrten, riß sich am Bart und rannte in die Waffenkammer. Rasend rührte er dort das Instrument seiner Leidenschaft und paukte in Donnerwirbeln seinen Ingrimm aus.

Wie er nicht mehr konnte, sank er auf die Rüstbank nieder und fühlte sich leichter.

Und siehe: es ward ihm weich zu Sinne, und in seinem Gemüt war eine welke Empfänglichkeit für christliche Gedanken.

»Christoph!« rief er, und in seiner Stimme klang seltsame Milde.

»Ja, Herr!« antwortete der.

»Haben wir noch einen Pilgermantel mit Muscheln?«

»Ja, schon, aber recht schäbig sieht er aus, sind die Motten drin, und ein paar Muscheln gehen ab.«

»Macht nichts! Bürste ihn aus und nähe die Muscheln

fest. Ich walle nach Jerusalem.«

»Wo … hin!?«

»Frage nicht – bürste!«

Christoph sperrte den Mund auf und wunderte sich. Dann bürstete er den Pilgermantel derer von Wolfsturm und freute sich, daß er nun auf eine Weile keine Stiefel mehr zu putzen haben würde. Erst drei Paar, dann ein Paar, dann kein Paar! So steht Gott seinen treuen Knechten bei und verhilft ihnen zu einem ruhigen Alter.

(Aus: »Sonderbare Geschichten.« Langen Müller, 1970)

Hugo Wiener

Wir müssen sparen

Meine Frau und ich prüften unsere Finanzlage, wobei wir zu der Erkenntnis kamen, daß wir, falls wir so weiterlebten wie bisher, in fünfzehn Jahren zwanzig Millionen Schulden haben würden. Es galt also zu sparen – und zwar ab sofort. Ich drehte den Luster ab und zündete eine Kerze an, wir schalteten weder Radio noch Fernsehen ein, wir verzichteten auf den gewohnten Drink vor dem Schlafengehen – wir mußten sparen.

Am nächsten Abend kam ich nach Hause und berichtete stolz von meinen Erfolgen. 1) hatte ich große Schritte gemacht, um die Sohlen zu schonen, 2) hatte ich gewartet bis niemand hinschaut und hatte dann die Briefe ohne Porto in den Postkasten geworfen, und 3) hatte ich meine Kaffeehausbesuche von vier auf zwei reduziert. Das alles zusammen brachte eine Kürzung meiner Ausgaben um 56 Schilling.

Meine Frau war tüchtiger gewesen. Sie hatte von einem Supermarkt gehört, der das Glas Peperoni anstatt um 12 Schilling, um 10 Schilling 50 absetzte. Ich belobte sie. Wir essen zwar keine Peperoni, aber es war eine einmalige Gelegenheit, und vielleicht kommt doch einmal der Tag, an dem wir Peperoni essen werden. Daß sie gleich zwölf Gläser davon genommen hat, war vielleicht übertrieben, aber es brachte uns immerhin eine Ersparnis von 18 Schilling. Und um 18 Schilling bekommt man schon – was bekommt man schon um 18 Schilling? Nichts. Aber das war auch nicht alles. Auf dem Nachhauseweg hatte sie auf Bus und Straßenbahn verzichtet – das Wort »Taxi« darf in unserm Haus nicht mehr ausgesprochen werden – und war, die zwölf Gläser mit Peperoni in der Hand, zu Fuß gegangen. Daß sie nach einer halben Stunde Marschierens Fußschmerzen bekam und sich ein bequemeres Paar Schuhe kaufen mußte, ist einzusehen. Noch dazu, wo sie diese Schuhe in einem Ausverkauf bekam, wo sie anstatt 550 Schilling bloß 470 bezahlte. Auf diese Weise hatte sie an einem einzigen Tag 98 Schilling erspart. Zu essen gab es Suppe.

Am zweiten Tag beschloß ich, den Friseur aufzugeben. Ich gestehe beschämt, daß ich mir bisher den Luxus leistete, mich täglich rasieren zu lassen. Das sind, inkl. Trinkgeld, 20 hinausgeworfene Schilling pro Tag. Meine Frau war natürlich wieder erfolgreicher gewesen. Sie hatte von einem Supermarkt erfahren, wo die Peperoni bloß zehn Schilling kosteten. Es war ein Supersupermarkt, in dem man einfach alles bekam. Meine Frau kaufte diesmal 24 Gläser Peperoni sowie ein peperonigrünes Hauskleid um 600 Schilling, das überall anderswo 660 gekostet hätte. Sie hatte, allein an dem Kleid, 60 Schilling erspart, von den Peperoni nicht zu reden. Zu essen gab es Suppe.

Ich schämte mich vor meiner Frau. Was waren meine Einsparungen gegen die ihren? Ich ließ mich in der Folge weder rasieren noch maniküren, noch ließ ich mir die Haare schneiden. Was nützte es? Sie hatte eine Quelle entdeckt, wo die Peperoni bloß 9 Schilling 50 kosteten und war dabei auf ein Parfum gestoßen, für das man vor Weihnachten noch 1000 Schilling verlangt hatte und das man jetzt um 598 Schilling abgab. Natürlich hatte sie gleich zwei Fläschchen davon gekauft. Eine Ersparnis von 804 Schilling! Zu essen gab es die ersten Peperoni, Scheußlich!

Ich entschloß mich, nicht mehr zu arbeiten, um das Geld für Papier und Kugelschreiber zu sparen. Vergeblich. Meine Frau übertrumpfte mich immer wieder. Sie hatte – gegenüber dem Supersupermarkt – einen kleinen Kaufmann gefunden, der, in der Absicht, den Supersupermarkt zu ruinieren, die Peperoni verschleuderte, 9 Schilling das Glas! Dazu bekam man noch gratis einen Karton Waschpulver. Meine Frau bestellte 50 Gläser Peperoni – der Kaufmann lieferte ins Haus – und, da er auch die billigsten Gurken führte, nahm sie davon die gleiche Menge. Das machte unsere Menüs abwechslungsreicher. Mittags gab es Peperoni mit Gurken – abends Gurken mit Peperoni.

Ich wankte durch die Straßen. Mein Bart war gewachsen, die Haare hingen mir über die Ohren, mein Gesicht hatte ein völlig anderes Aussehen bekommen. Peperoni und Gurken hatten mir den Mund zusammengezogen. Ich kam nach Hause und erkannte unsere Wohnung nicht wieder. Meine Frau hatte die Möbel umgestellt, um Platz für die Peperonigläser zu schaffen. Wo ich hinsah, waren Peperoni. Auf dem Kasten, auf dem Schreibtisch, auf der Kredenz – anstatt des Meißner Porzellans, das ich so geliebt hatte – Peperoni. Und wo waren meine Bücher? In der Bibliothek stand das Waschpulver. Und immer mehr Peperoni kamen an. Um 8 Schilling, 7 Schilling, 6 Schilling das Glas! Und da der Kaufmann tagsüber im Laden stehen mußte, lieferte er bei Nacht.

Das war auch der Grund, weshalb ich eines Tages verhaftet wurde. Nachbarn hatten uns beobachtet. Was waren das für Kisten, die da allnächtlich abgeladen und ins Haus gebracht wurden. Vor allem – was war ihr Inhalt? War es Rauschgift? Waren es Bomben? Schließlich wollte man nicht in die Luft gesprengt werden. Meine Unschuld stellte sich bald heraus, trotzdem behielt man mich eine Nacht auf der Polizei. Warum? Ich hatte darum gebeten. Ich hatte nämlich gesehen, daß eben das Essen für die Sträflinge ausgegeben wurde. Ich bekam auch eine Portion und machte mich gierig darüber her. Ich weiß bis heute nicht, ob ich Bohnen oder Spaghetti gegessen habe – Peperoni waren es nicht, und das genügte mir.

Als ich wieder auf der Straße stand, war mein erster Weg zum Friseur. Ich ließ mir die Haare schneiden, ließ mich rasieren und maniküren. Dann beschloß ich, so zu sparen wie meine Frau. Ich kaufte mir einen Anzug, der bis dahin 10 000 Schilling gekostet hatte, um 8000, machte dasselbe mit Schuhen, Hemden, Krawatten usw. – und als ich nach Hause kam, hatte ich an diesem einen Tag 5000 Schilling gespart. Und das war nicht alles. An einer Telephonzelle hatte ich einen Anschlag gelesen, daß, wer diese Zelle zertrümmern sollte – was in letzter Zeit »in« ist –, eine Strafe von 3000 Schilling bekommt. Ich habe sie *nicht* zertrümmert, was eine weitere Einsparung von 3000 Schilling bedeutete.

Meine Frau hatte ebenfalls gut gearbeitet: sie hatte einen Waggon Peperoni gekauft, direkt vom italienischen Großhändler, wodurch das Glas nur auf 3 Schilling kam. Wir prüften wieder unsere Finanzlage und fanden sie nicht mehr alarmierend. Im Gegenteil. Bei einiger Sparsamkeit werden wir uns in fünfzehn Jahren leisten können so zu leben, wie wir es leider heute schon tun.

Wir drehten den Luster an, schalteten den Fernsehapparat ein und genehmigten uns endlich wieder den langentbehrten Drink vor dem Schlafengehen. Zu essen gibt es wieder Steaks, Salate und andere Köstlichkeiten.

Die Peperonis verwenden wir als Mitbringels zu Weihnachts-, Geburtstags- und anderen Parties. Seither werden wir nicht mehr eingeladen.

Seit einigen Tagen fürchte ich, daß der Sparsinn meiner Frau wieder erwachen könnte. Ich sah, ganz in unserer Nähe, in einem Pelzgeschäft einen Nerzmantel, der – bisher mit 100000 Schilling angeschrieben – jetzt um 80000 Schilling zu bekommen ist. Hoffentlich sieht sie ihn nicht. Sie könnte an einem einzigen Tag 20000 Schilling ersparen.

(Aus: »Verliebt, Verlobt, Geheiratet.« Amalthea 1978)

Hugo Wiener

Was mache ich?

In einem gewissen Alter ist es nicht schön, operiert zu werden. Schön ist es nur, davon zu erzählen.

Joschi und ich waren wieder einmal soweit. Wir hatten den Auftrag bekommen einen Film zu schreiben. Keinen Fernsehfilm, sondern ein richtiger Kinofilm.

Kommt so ein Auftrag von einer erstklassigen Firma, gekoppelt mit einem dementsprechenden Vorschuß, pflegt man das Ereignis in einem feudalen Restaurant zu feiern, natürlich mit seinen Damen, bei einem üppigen Essen und einigen Flaschen Sekt.

Ist die Firma, von der der Auftrag kommt, nicht so erstklassig und der Vorschuß auch nicht, feiert man beides zu Hause, bei einem weniger üppigen Essen und einer Flasche Wein.

Und stammt der Auftrag von einer letztklassigen Firma, und gibt es gar keinen Vorschuß, dann feiert man ihn ohne Damen, ohne Essen, im Kaffeehaus.

Joschi und ich saßen also im Kaffeehaus und suchten nach einer Idee. Was wollte die Firma: keinen Problemfilm, Probleme haben die Leute genug. Keinen Schocker, geschockt sind die Leute bis zum Überdruß. Keinen Pornofilm, Pronofilme spielen die Leute im Heimkino, wo auch die lieben Kleinen Gelegenheit haben, sie zu sehen. Was die Firma will, ist ein unbeschwertes, dummes Lustspiel, wie man sie in den Fünfzigerjahren zu drehen pflegte, bei dem die Leute nur lachen sollten. Lachen, lachen, lachen! Wie bringt man sie aber zum Lachen, die lieben Leute, das geliebte Publikum, diese Bestien, diese hartnäckigen?

»Ich hab's!« sagte Joschi. »Junges Mädchen, junger Mann, beide verlieren ihre Hündchen, jagen ihnen nach, kommen in lustige Situationen und finden sich schließlich.«

»Und die Hündchen?«

»Die finden sich auch.«

»Und die lustigen Situationen?«

»Die mußt *du* finden.«

»Fällt mir nicht ein.« Sie fielen mir wirklich nicht ein.

»Etwas anderes«, schlug Joschi nach einer kurzen Pause vor. »Junges Mädchen, junger Mann, verlieren Hand- und Brieftasche, jagen ihnen nach, kommen in lustige Situationen und finden sich schließlich.«

»Das ist doch dasselbe ohne Hündchen.«

»Ich weiß.« Joschi schwieg kleinlaut. Plötzlich fing er wieder an. »Junges Mädchen, junger Mann, verlieren nichts. Er Herzog, sie Prinzessin, sehen sich zum ersten Mal bei Modenschau, er hält sie für Mannequin, sie ihn für Dreßman, kommen in lustige Situationen und finden sich schließlich.«

»Da waren mir die zwei mit den Hündchen noch lieber.«

Drei Damen betraten das Lokal. Wie soll ich sie beschreiben? Alter: 50 bis 55 Jahre. Stand: verheiratet. Beruf: Hausfrauen mit Personal. Eventuelles Hobby: Bridgespiel. Kleidung: die erste, klein, dürr, trug ein blaues Kostüm mit weißer Bluse, die zweite, mittelgroß, mager, trug einen braunen Rock und einen, mit allerlei Dessins versehenen roten Pullover, die dritte, groß, stark, trug einen Kamelhaarmantel, den sie nicht ablegte, so daß wir nicht sehen konnten, was sie drunter anhatte. Alle drei waren behütet.

»Wohin setzen wir uns?« fragte das blaue Kostüm.

»Wahrscheinlich in unsere Nähe«, fürchtete ich.

»No na«, sagte Joschi, »in die Küche.«

»Dort ist ein schöner Tisch!« rief der Pullover.

»Ausgezeichnet!« fand der Kamelhaarmantel. Er sprach in einer Tonstärke, daß ihn selbst die Jugendlichen in einer Diskothek zur Ruhe gemahnt hätten. Die drei setzten sich in Bewegung. So sicher möchte ich einmal beim Roulette eine Nummer erraten, wie ich erriet, daß sie die Loge neben uns wählen würden. Mit dem Schreiben war es vorüber.

Anton, der Ober, näherte sich. »Was darf ich den Damen bringen, bitte?«

»Was nehmen Sie, Frau Hofrat?« fragte die große Starke die mittelgroße Magere.

»Ein Glas Milch. Und Sie, Frau Generaldirektor?«

»Ich weiß es noch nicht. Frau Professor?«

»Ich möchte einen koffeinfreien Kaffee mit Süßstoff. Haben Sie Torten?«

»Selbstverständlich, gnädige Frau.«

»Wundervoll! Ich darf leider keine essen, ich habe Zucker, aber Sie, Frau Hofrat?«

»Streng verboten. Frau Generaldirektor?«

»Eine Torte? Das wäre mein Tod. Sie wissen doch, daß ich nach einer Operation bin. Bringen Sie mir ...« überlegte die große Starke, »ein Glas Mineralwasser, ohne Kohlensäure, und eine gestrige Semmel.«

Nun waren die drei Damen bestimmt weder eine Professorin noch eine Generaldirektorin, noch eine Hofrätin. Sie waren bloß mit einem Professor, einem Generaldirektor und einem Hofrat verheiratet. Bei uns in Österreich ist das so, da teilen die Ehemänner ihre Titel mit ihren Frauen.

»Wie fühlen Sie sich, Frau Generaldirektor?« fragte die Frau Professor.

»Nicht besonders. Wenn man nach einer Operation zum ersten Male ausgeht, ist man immer ein bißchen wackelig. Schließlich habe ich vierzehn Tage im Bett verbracht.«

»Vierzehn Tage nach einer Blinddarmoperation? Dr. Wolkenbruch ließ mich am nächsten Tag aufstehen und im Zimmer herumgehen.«

»Da hatten Sie eben keine Komplikation«, meinte die Frau Generaldirektor pikiert. »Ich hatte doch eine eitrige Appendizitis. Die Ärzte wußten nicht einmal, ob sie mich lebend auf den Operationstisch bringen werden.«

»Trotzdem. Vierzehn Tage im Bett halte ich für eine veraltete Methode.«

»Veraltet? Dr. Jellinek ist der modernste Chirurg von Europa.«

»Sie meinen Dr. Wolkenbruch!«

»Beruhigen Sie sich doch, meine Damen!« sagte die Frau Hofrat energisch. »Hatten Sie schon einmal ein Ulcus ventriculi?«

»Was ist das?« fragte die Frau Generaldirektor.

»Ein Magengeschwür.«

»Hatte ich!« jubelte die Frau Professor. Der Frau General war das peinlich. Wieso hatte sie noch kein Magengeschwür gehabt?

»Nein«, sagte sie ein bißchen verstimmt.

»Dann reden Sie nicht.« Anton brachte den koffeinfreien Kaffee mit Süßstoff, das Glas Milch, das Mineralwasser ohne Kohlensäure und die Semmel von gestern. Die Frau Generaldirektor klopfte damit auf den Tisch – es klang, als ob man mit Stein auf Stein klopfen würde. »Zu frisch«, sagte sie. »Ich habe gebeten von gestern.« Anton blinzelte uns zu, brachte die Semmel zur Küche und wieder zurück. Wieder klopfte die Frau Generaldirektor damit auf den Tisch. »Die ist richtig«, sagte sie zufrieden und wendete sich an die Frau Hofrat: »Wurden Ihre Magengeschwüre operiert?«

»Das will ich meinen! Ich habe nur noch einen halben Magen.«

»Entsetzlich!«

»Wie zeigte sich Ihr Geschwür an?« erkundigte sich die Frau Professor.

»Zuerst durch Magenschmerzen, dann durch Übelkeit und Erbrechen, dann hatte ich saures Aufstoßen und Sodbrennen, dann ist Blut abgegangen.« Joschi ging hinaus, es war ihm schlecht geworden.

»Was glauben Sie, warum ich nur Milch trinke?«

»Warum wirklich? Ich habe auch nur einen halben Magen«, gestand die Frau Professor, »aber wenn ich keinen Zucker hätte, dürfte ich alles essen.«

»Wenn ich keinen Zucker hätte!« seufzte die Frau Hofrat. »Ich habe auch Zucker, und mein Mann hat Eiweiß.«

»Da können Sie zusammen ein Biskuit machen!« lachte die Frau Generaldirektor.

Die Frau Hofrat warf ihr einen bitterbösen Blick zu. »Mir hat man schon als Kind die Mandeln herausgenommen«, sagte sie würdevoll.

»Und mir die Polypen«, sagte die Frau Professor.

»Und ich hatte schon als Kind eine Hüftgelenkverrenkung!« übertrumpfte die Frau Generaldirektor die beiden andern.

»Und da gehen Sie ohne Stock?«

»Stock? Meine Hüfte ist doch längst wieder gut.«

»Dr. Wolkenbruch hat mir von einem Fall erzählt, wo die Verrenkung auf der andern Hüfte wieder aufgetreten ist.«

Joschi kam zurück. »Habe ich etwas versäumt?«

»Eine Mandel- und eine Polypenoperation sowie eine Hüftgelenkverrenkung.«

»Sie dürfen nicht denken«, sagte die Frau Generaldirektor eben, »daß die Blinddarmgeschichte meine gefährlichste Operation war. Ich wurde schon einmal an Gallensteinen operiert.«

»Ich auch«, sagte die Frau Hofrat schnell.

»Aber *meine* Operation hat vier Stunden gedauert.«

»Und meine sechs!«

»Sechs Stunden eine Gallensteinoperation?« wunderte sich die Frau Professor wieder. »Dr. Wolkenbruch macht das in zwei Stunden.«

»Dr. Wolkenbruch läßt ja auch die Patienten nach einer Blinddarmoperation aufstehen und Rock 'n' Roll tanzen.«

»Ich habe nicht gesagt Rock 'n' Roll tanzen, ich habe gesagt, im Zimmer herumgehen.«

»Ist ja egal. Sagte ich vorhin, meine Operation habe vier Stunden gedauert?«

»Ja. Und meine sechs!« meinte die Frau Hofrat mit Siegermiene.

»Dann hat *meine* acht gedauert«, sagte die Frau Generaldirektor und schaute die andern triumphierend an. »Ich hatte nämlich besondere Gallensteine. Meine Gallensteine sind aus dem Gallengang in die Bauchhöhle getreten und haben eine eitrige Bauchfellentzündung hervorgerufen. Ich mußte sofort operiert werden.«

»Meine Gallensteine konnten sich *auch* sehen lassen«, bemerkte die Frau Hofrat etwas eingeschnappt. »Bei mir ist zwischen der Gallenblase und dem Zwölffingerdarm eine Fistel entstanden, durch die einige große Steine in den Darm übergetreten sind. Diese Steine haben eine Verlegung der Darmlichtung und auf diese Weise einen Darmverschluß bewirkt. Ich war damals aufgegeben.«

»Ich schon zweimal«, sagte die Frau Professor.

»Ich dreimal«, schloß sich die Frau Generaldirektor an.

»Reden wir von erfreulicheren Dingen«, schlug die Frau Hofrat vor. »Hatte eine von den Damen schon einmal eine Ohrknochenvereiterung?«

»Ich!« meldete sich die Frau Professor erfreut.

»Ich auch! Ich hatte schon zwei! Eine links, eine rechts!« überrundete die Frau Generaldirektor wieder die beiden andern.

»Ohrknochenvereiterung!« wiederholte Joschi blaß. Er ging hinaus. Es war ihm wieder schlecht geworden.

»Ich hatte schon eine Hepatitis«, setzte die Frau Generaldirektor fort. »Nach einem Paratyphus.«

»Was ist Hepatits?«

»Eine Gelbsucht. Ich glaube, Frau Professor, Sie haben alle Krankheiten nur, damit Sie mitreden können. In Wirklichkeit sind Sie über einen Heuschnupfen noch nicht hinausgekommen.«

»Oho!« empörte sich die Frau Professor. »Ich hatte

schon als junges Mädchen eine Zahnfleischgeschwulst, die operativ entfernt werden mußte!«

»Und ich eine Diphtherie mit Halsschnitt!«

»Und ich«, trumpfte die Frau Hofrat auf, »einen Oberschenkelhalsbruch! Ich bin zweimal genagelt!«

Joschi kam zurück. »Zahnfleischgeschwulst, Diphtherie mit Halsschnitt, Oberschenkelhalsbruch, zweimal genagelt«, referierte ich.

»Brüche – gut«, meinte die Frau Professor eben. »Aber unsere Magenkrankheiten sind, nach Dr. Wolkenbruch, reine Zivilisationserscheinungen. In seinem neuesten Buch erzählt er von einer Insel, namens Bumaku, auf der die Menschen noch wie in der Steinzeit leben, und auf der es noch keine Operation gegeben hat.«

Joschi hielt es nicht aus. Er wendete sich an die drei Damen. »Entschuldigen Sie«, sagte er, »wir wurden unwillkürlich Zeugen Ihres Gesprächs. Wenn es auf der Insel Bumaku noch keine Operation gegeben hat – wovon reden dort die Frauen, wenn sie im Kaffeehaus sitzen?«

Unser Film ist bereits angelaufen. Er heißt: Drei alte Tanten.

(Aus: »Heiterkeit auf Lebenszeit.« Amalthea 1979)

Hugo Wiener

Urlaub auf dem Bauernhof

In einem gewissen Alter sollte man auf sein Wohlbefinden achten, aber –?

Wurmser war Manager, Topmanager. Er managte zur Zufriedenheit seiner Firma und bekam dafür: 1. den Titel »Direktor für Publicrelations« und 2. die Managerkrankheit. Der Arzt verordnete ihm Erholung, aber nicht in einem Jet-set-Kurort, auch nicht in fashionablen Hotels, sondern in einem stillen Ort, auf einem kleinen Bauernhof. Er empfahl ihm das idyllische Fleckchen Brunnendorf in Österreich.

Wurmser war begeistert. Er stand mit den Hühnern auf, ging mit den Hühnern schlafen, er mähte das Gras, melkte die Kühe, saß am Abend mit den Bauern beim Kartenspiel – er erholte sich. Bis ihm eines Tages der Teufel erschien und ihm ins Ohr flüsterte:

»Willst du das alles allein genießen? Willst nur du gesund werden? Man könnte doch das Dorf dem Fremdenverkehr erschließen!«

In Wurmser erwachte der alte Manager. Natürlich könnte man das. Man könnte einen romantischen Ententeich anlegen, echte Misthaufen und Jauchegruben, deren natürlicher Geruch selbstverständlich verändert werden mußte, echte Säue könnten sich in einem entschlammten Schlamm wälzen. Hühner, mit denen man aufstehen und schlafen gehen konnte, könnten auf der

Wiese herumlaufen, ein Hahn könnte auf dem Misthaufen krähen, natürlich nicht zu früh, damit die Gäste nicht gestört werden, Kühe, die keine Fladen hinterlassen, könnten frische Milch zum löslichen Kaffee liefern, es könnte Reitpferde geben, nicht für richtige Reiter, nur mal so zum Probieren und – was wichtiger war – zum Fotografieren.

Brunnendorf – er würde es Gesundbrunnendorf nennen – müßte aus echten Bauernhäusern bestehen, jedes ein kleines Hotel für sich, natürlich mit allem Komfort. Echtes Bauernbrot müßte es geben, echten Bauernspeck – selbstverständlich dürfte der Gast über die Mühe der Herstellung nicht zuviel erfahren, denn viel Arbeit sehen verdirbt die Urlaubsfreude.

Immer deutlicher nahm Gesundbrunnendorf vor Wurmsers Manageraugen Gestalt an. Er sah es vor sich, wie Moses das gelobte Land vor sich gesehen hatte. »Du bist auf dem richtigen Weg!« raunte der Satan ihm zu. Freilich, bedachte Wurmser weiter, die Sehnsucht nach Natur, Ruhe und Stille ist groß, aber der moderne Mensch, dessen Seele schon »verseichtet« ist, wird das nicht lange aushalten. Es ist also notwendig, eine geniale Synthese zu finden, und zwar eine Synthese zwischen Erholung und Vergnügen, Ruhe und Unterhaltung, Besinnung und Betäubung, Idylle und Dynamik. »Weitermachen!« trieb der Teufel ihn an.

Und Wurmser machte weiter. Es gab Besprechungen mit dem Bürgermeister, Gemeinderatssitzungen, Bankkredite, man gründete die »Gesundbrunnendorf Kur AG«, die Werbung lief an. Ganzseitige Inserate »Managerkranke nach Gesundbrunnendorf!« gab es in allen Zeitungen, auf den Bildschirmen der Nation erschien ein gebrechlicher Mann und sagte zitternd: »Ich hatte die Managerkrankheit. Ich litt unter Streß. Ich konnte kaum noch atmen. Da fuhr ich nach Gesundbrunnendorf und – juhu!« Er sprang zwei Meter hoch. Dazu sangen vier süße Mädchenstimmen: »Bist durch Streß du auf dem Hund – Gesundbrunnendorf macht dich gesund!« Und eine baritonale Männerstimme sprach: »Informieren Sie sich!«

Man informierte sich. Im ersten Jahr gab es noch wenig Gäste, im zweiten Jahr hatte sich die Zahl verdreifacht, im dritten Jahr ging der Rummel los. »Erweitern!« raunte der Teufel, »du mußt erweitern!« und Wurmser erweiterte. Die Ruhe und Stille wurde auf sämtliche Dörfer der Umgebung ausgedehnt, man schloß einen Dörferbund (1979), so daß das gesamte Areal mit Wiesen, Äckern, Teichen, Spazier- und Reitwegen, Tälern und Bergen, ein Ausmaß von 61 km^2 besaß, was der Größe der mittelitalienischen Republik San Marino gleichkam. »Richtig!« raunte der Teufel.

Das Fernsehen brachte ein Porträt: »Ein Tag aus dem Leben Alexander Wurmsers, des Chefmanagers der Gesundbrunnendorf Kur AG:«

Wurmser betritt sein Büro, eine zu diesem Zweck »aufgeechtete und umfunktionierte« Bauernstube. Seine Sekretärin Helga v. Marburg, von ihm, aus geschäftlichen Gründen, nur »Zenzi« genannt, sitzt an einem klobigen Bauerntisch und tippt auf einer rustikalen Schreibmaschine. An den Wänden hängen ausgediente Sensen und Dreschflegel, Sicheln und Krauthobel. Wurmser betritt durch einen Eingang seinen Schreibtisch, ein rundes Ungetüm, auf dem eine Anzahl von Telefonapparaten steht, und nimmt auf einem als Butterfaß getarnten Drehstuhl Platz.

Einer der Apparate läutet. Wurmser hebt ab. »Gesundbrunnendorf Kur AG! Leider – wir sind ausgebucht! Nächsten Monat wird etwas frei, beim Joglwirt in der Dépendance, und zwar in der 25. Etage. Sie haben richtig gehört, wir haben aufgestockt. Sie haben eine wunderbare Aussicht auf echte Misthaufen und Kuhweiden. Bademöglichkeit gibt es im Ententeich No. 32 mitten im Dorf, geklärt, geheizt und sterilisiert. Darf ich buchen? Ich notiere!«

Ein anderer Apparat läutet. »Gesundbrunnendorf Kur AG! Jawohl, das Motor-Crash findet am Sonntag statt, und zwar in der ›Wacholderruhe‹, einem stillen, romantischen Tal östlich vom Zentrum. Sie haben richtig gelesen – die Weltelite ist am Start. Zimmer sind frei – wurden extra freigehalten – in der ›Traube‹, Hochhaus, Trakt No. 14. Ich notiere.«

Ein dritter Apparat läutet. »Gesundbrunnendorf Kur AG! Fischereimöglichkeiten? Aber natürlich! Wir können Ihnen eine breite Palette bieten: Hechte, Zander, Forellen ... Regenbogenforellen? Lassen Sie mich nachsehen ... Regenbogenforellen ... hier! Am Donnerstag, Bach 26, wären noch drei Stück frei. Ich notiere.«

Wieder ein anderer Apparat. »Gesundbrunnendorf Kur AG! Waldspaziergänge? Gibt es in Hülle und Fülle! Der Preis? Pro Spaziergang hundert Schilling. Zu teuer? Wir haben auch Zwanzigschillingspaziergänge, aber in Plastikwäldern. Der Ozon!? Kommt durch unseren hauseigenen Sprühapparat, und zwar rund um die Uhr. Die Wege sind bequem, das Gras ist aus Kunststoff. Das Echo wird dreimal am Tag von einem bekannten Burgschauspieler gesprochen. Vom 10. bis 31. August ist nichts mehr frei, aber vom 2. bis 12. Oktober. Ein Einbettzimmer mit Vollpension im P.D. Wie bitte? P.D. heißt Plastikdorf. Nein, nein, Sie brauchen keine Angst zu haben – die Nahrungsmittel sind nicht aus Plastik. Ich notiere.«

Ein anderer Apparat. »Gesundbrunnendorf Kur AG! Aber natürlich! Pilze wachsen bei uns wie die Schwammerln! Himbeeren und Brombeeren? Wann immer Sie wünschen! Himbeeren und Brombeeren reifen bei uns durchgehend. Eltern mit zwei Kindern? In diesem Fall würde ich Ihnen zu einem kombinierten Schwammerl-Beeren-Familienprogramm raten. Zenzi, rufen Sie das HHB an, ob für den 1. Juli noch etwas frei ist! Sie wissen, daß nein? Erst ab 5. November? Ich bedaure, erst ab 5. November im HHB! HHB? Haus für Himbeerbrocker! Ich notiere.«

Ein anderer Apparat. »Gesundbrunnendorf AG! Segeln? Selbstverständlich! Wir haben fünf künstliche Seen mit Windmaschinen. Vom Wind über Sturm bis zum Tornado. Mannschaften für Rettung aus Wassernot sind zur Stelle – es ist eine reine Kostenfrage. Bitte, mein Herr! 2. September, See No. 3. Ich notiere.«

Und wieder ein Apparat. »Gesundbrunnendorf AG! Fensterln? Können Sie bei uns. Wir haben ein ausgewogenes Liebesprogramm. 3 Sparten: ›Love im Heu‹, ›Liebe im Wald‹, ›Amore unter Palmen‹. Sie bleiben beim Fensterln. Gut. Adresse: Erosbauer, Riesenheuboden, Fenster F. Die Leiter wird beigestellt. Ich notiere.«

Ein anderer Apparat. »Gesundbrunnendorf Kur AG! Wie bitte? Ob Sie bei uns Aggressionen abbauen können? Aber selbstredend! Wir haben a) Diskussionen à la Fernsehen, bei denen Sie ihre Diskussionspartner am

Schluß beschimpfen können, b) den Dorfkirtag mit Rauferei, und c) einen Watschenmann, dem wir das Gesicht und die Gestalt Ihres Chefs geben können. Wie bitte? Eheboxkampf mit einer Dame, die Ihrer verehrten Frau Gemahlin ähnlich sieht? Das haben wir leider nicht.«

Die Zahl der Anrufe wächst von Tag zu Tag. Die Häuser füllen sich, leeren sich. Ankünfte, Abreisen. Bestellungen, Stornierungen. Der Ozonsprühapparat versagt. Der Tornado bleibt aus. Die Regenbogenforellen werden knapp. Das Personal ist unverläßlich. Es gibt Beschwerden, Beschwerden, Beschwerden. Und eines Tages bricht Wurmser zusammen. Herzinfarkt.

Man bringt ihn zur Stadt. Ein bejahrter Arzt untersucht ihn. »Sie haben keinen Herzinfarkt, Sie sind managerkrank. Sie sollten sich erholen. Ich habe da von einem Ort gelesen: Gesundbrunnendorf. Wenn ich Ihnen raten darf –«

Mehr hörte Wurmser nicht. Er fiel vom Stuhl. Diesmal war es wirklich ein Herzinfarkt.

»Wie kam das bloß? fragte sich der Arzt. »Tja«, tröstete er sich schließlich, Manager sind eben eigene Menschen. Sie ertragen es nicht, an einem Ort zu leben, wo es nur Ruhe und Frieden gibt!«

Der Teufel aber rieb sich die Hände. Er entpuppte sich nämlich als Grundstücksmakler, der Wurmser das Areal teuer verkauft hatte – und der es jetzt billig zurückbekam und es noch teurer verkaufen konnte. Die dummen Seelen sterben nicht aus.

(Aus: »Heiterkeit auf Lebenszeit.« Amalthea 1979)

Hugo Wiener

Die goldene Hochzeit

In einem gewissen Alter sollte man von Ehepaaren erwarten, daß sie Vertrauen zueinander haben ...

Otto Goldmann und Frau Regine feierten das Fest der goldenen Hochzeit. Otto war achtzig, Regine siebzig, zusammen hundertfünfzig. Es gab Geschenke und Reden, ein auserlesenes Hochzeitsdinner und wieder Reden, dann waren die Gäste gegangen – die beiden blieben allein. Sie saßen auf dem alten Diwan und hielten sich bei den Händen.

»Fünfzig Jahre«, sagte er leise und wackelte mit dem Kopf. »Fünfzig glückliche Jahre!«

»Ja!« hauchte sie selig und wiederholte: »Fünfzig glückliche Jahre!« Dann begannen sie in ihren Erinnerungen zu kramen.

»Weißt du noch«, fing Regine an, »wie du um meine Hand anhieltest? Es war abends unten beim Haustor.«

»Natürlich weiß ich das«, sagte Otto. »Ich lag vor dir auf den Knien, und du sagtest ja.«

»Ja!«

»Dabei war ich bloß hingefallen, weil Glatteis war.«

»Das sagst du jetzt!« Beide lachten.

»Erinnerst du dich noch an unsere Hochzeitsreise?

»Ja. Im Coupé wolltest du das Fenster herunterlassen, dabei hast du dich an der Hand verletzt und hast geblutet.«

»Ja. Ich sagte: ›Schade, daß deine Mutter nicht da ist.‹«

»Ja. Was wolltest du damals eigentlich von meiner Mutter! Sie war doch keine Ärztin?«

»Das nicht. Aber sie hatte manchmal einen Blick, daß einem das Blut in den Adern erstarrte.«

»Meine gute Mutter«, flüsterte Regine zärtlich.

»Und dann«, schlug sie wieder den alten Ton an, »fuhren wir ins Hotel.«

»In der Gondel«, wackelte er.

»Es war in Venedig.«

»Hotel Danieli.«

»Ja.«

»Wir standen im Brautgemach«, kicherte Otto, »und keiner von uns wollte sich zuerst ausziehen.«

»So unschuldig waren wir. Ich fragte dich: ›Wirst du mich ewig lieben?‹«

»Ich sagte: ›Ja.‹«

»Ich fragte: ›Wirst du nie eine andere haben?‹«

»Ich sagte: ›Nein.‹«

»Ich fragte: ›Werden wir auch süße kleine Kinder bekommen?‹«

»Und ich sagte: ›Wenn wir noch lange hier herumstehen – nicht.‹«

Wieder lachten beide.

»Dann lag ich in deinen Armen«, seufzte Regine. »Und dann kam Adolf zur Welt und dann Selma ...«

»Und dann kam Walter zur Welt und dann Dorli ...«

»Und Adolf heiratete Ernestine – und sie schenkten uns Gerda, Heinz und Robert ...«

»Und Selma heiratete Hermann – und sie schenkten uns Raul und Lea ...«

»Und Walter heiratete Hermine – und sie schenkten uns Ladi ...«

»Und Dorli heiratete Friedrich – und sie schenkten uns Bettina ...«

»Und Gerda heiratete Max – und sie schenkten uns Erika, Herta und Grete ...«

»Und Heinz heiratete Stella – und sie schenkten uns Egon, Marta und Monika ...«

»Und Robert heiratete Elsa – Moment!« fiel es Otto auf.

»Wir reden da wie die Bibel!«

»Mit Recht!« meinte Regine stolz. »Wir haben ein großes Geschlecht hervorgebracht. Zwei Söhne, zwei Töchter, sieben Enkel und acht Urenkel. Und wir haben in den ganzen fünfzig Jahren nicht ein einziges Mal gestritten.«

»Also – wenn wir ehrlich sind – einmal doch.«

»Weshalb?«

»Wegen Felix. Erinnerst du dich nicht mehr an Felix? Er war doch dein Flirt?«

»Felix? Welcher Felix?«

»Aber Regine! Felix! Von Berger & Co. Er hat gelispelt.«

»Felix hat nicht gelispelt.«

»Du erinnerst dich also doch noch an ihn?« fragte Otto ein wenig eifersüchtig.

»Nur weil du sagtest Berger & Co. Felix war ein sehr stattlicher Mann. Er hat *nicht* gelispelt.«

»Du hast ihn anscheinend geliebt?«

»Geliebt ist vielleicht zuviel gesagt, aber wenn *du* damals nicht gekommen wärst ...«

»Hättest du ihn geheiratet – was?« Otto ärgerte sich.

»Warum fängst du heute mit der Geschichte an?« Regines Ton wurde laut und unfreundlich. »Das ist heute sechzig Jahre her.«

»Das Vorleben einer Frau verjährt nicht.«

»Felix ist kein Vorleben – Felix war eine harmlose Angelegenheit.«

»Ach so? Was nennst du denn harmlos?« Otto keuchte, sein Herz flackerte. »Küsse im Mondenschein, Rendezvous im Kaffeehaus, Besuche in seiner Wohnung, wo es zu allem kommt, nur nicht zum äußersten!«

»Wie erlaubst du dir, mit mir zu reden?« schrie nun auch Regine. »Und wenn wir schon dabei sind – was war denn mit Flora?«

»Flora? Was für eine Flora?«

»Ich weiß nicht, wie viele Floras du gehabt hast – ich meine Flora Liebermann, dieses blonde Biest!«

»Flora war meine Geschäftskollegin.«

»So! Gehörte es da auch zu ihren Pflichten, daß sie am Semmering mit dir übernachtet hat?«

Otto war außer sich. »Du hast mich beobachten lassen?«

»Ja!« triumphierte Regine. »Achtundvierzig Jahre habe ich geschwiegen, und mindestens acht Monate habe ich nachts in das Polster hineingeweint – aber ich habe gewußt, daß der Tag kommen wird, an dem ich dir dein Verbrechen ins Gesicht schleudern kann!«

»Das mußt du mir erst beweisen!«

»Das *werde* ich dir beweisen!« Sie holte eine Schatulle aus der Kredenz und nahm einen Zettel heraus: »Hier ist noch die Rechnung. Detektivbüro Argus, Besitzer Romuald Beck.«

»Romuald Beck?« rief Otto wütend. »Das ist doch der

Mann, mit dem du zwei Nächte in Baden in einem Hotel verbracht hast, während ich als Reisender unterwegs war und mir die Seele aus dem Leib reden mußte, damit ich ein paar Hemden verkaufe!«

»Du lügst!!!«

»Ich lüge nicht! Weißt du, wie schwer es damals war, Hemden zu verkaufen?«

»Du lügst, was Romuald betrifft! Ich war nie mit ihm in Baden, noch viel weniger in einem Hotel!« keifte sie zurück.

»So?« Ottos Gesicht verzerrte sich zu einer Fratze. Er sah aus wie der Glöckner von Notre-Dame. »Hier!« Er ging zum Schreibtisch und nahm eine Rechnung aus dem Geheimfach. »Detektivbüro Holmes. Besitzer Lothar Bernstein. Auch ich habe achtundvierzig Jahre geschwiegen, aber ich habe oft gehört, wie du nachts im Traum geseufzt hast: ›Romuald! Romuald!‹ «

»Du gemeiner Kerl, du hast mich also überwachen lassen?«

»So wie du mich! Und ich kenne deine Affären! Alle ohne Ausnahme! Deine Liebschaft mit Fred, mit Oskar, mit Tom …«

»Und ich kenne *deine* Liebschaft mit Elli, mit Ruth und mit Lotte! Schau sie dir heute an, deine Lieben!« kreischte sie so laut, daß die Nachbarn an die Wände klopften. »Die eine ist Kassiererin in einem Kino, die zweite ist Köchin in einem Kaffeehaus, und die dritte hat einen Zeitungsstand! Außerdem hat sie hundert Warzen im Gesicht?«

»Und du?« brüllte er ebenso laut. »Was ist mit deinen Männern? Die sind alle drei im Altersheim!«

»Laß mich in Ruhe!« tobte sie. »Ich gehe schlafen!«

»Ich gehe auch schlafen!« rief er ihr nach. »Aber nicht mit dir! Ich schlafe hier auf dem Fauteuil!«

Am nächsten Tag riefen Söhne, Töchter, Freunde und Bekannte an. Alle wollten wissen, wie sie die goldene Hochzeit verbracht hatten.

Otto und Regine aber waren nicht zu Hause. Sie saßen bei ihren Anwälten, um die Scheidung einzureichen.

Zu dieser Geschichte kann ich nur sagen: Reden ist Silber – scheiden ist Gold.

(Aus: »Heiterkeit auf Lebenszeit.« Amalthea 1979)